# ぼくたちもそこにいた

ハンス・ペーター・リヒター作
上田真而子訳



岩波少年文庫 567

――第三帝国が事実いかなるものであったかの偽らざる記録――

WIR WAREN DABEI

by Hans Peter Richter



First published 1962
by Verlag Herder GmbH & Co KG, Freiburg.

First Japanese edition published 1995,
this edition published 2004
by Iwanami Shoten, Publishers, Tokyo
by arrangement with
Arena Verlag GmbH, Würzburg
through Motovun Co. Ltd., Tokyo.

# もくじ

カバー絵　岩《いわ》淵《ぶち》慶《けい》造《ぞう》

〝……かれらはもはや生涯《しょうがい》自由にはなれないのだ〟

アードルフ・ヒトラー

一九三八年十二月四日

ズデーテン地方の

ライヒェンベルクでの演説《えんぜつ》から

わたしは、あの時代をどのように体験《たいけん》し、どのように見たか――
それだけを、ここに書き伝える。

わたしは参加していた。単《たん》なる目撃者《もくげきしゃ》ではなかった。
わたしは信じていた――わたしは、もう二度と信じないだろう。

ハンス・ペーター・リヒター

# ぼくたちもそこにいた

# 一九三三年〔八歳《さい》〕

## 人殺し

「ドイツよ、目覚《めざ》めよ!」*

ベッドでぼくはぎくりとしてとびおき、耳をそばだてた。

下の通りで二人の男が争っている。声からすると、若者と老人だ。

なにをいっているのかは、わからない。

と、パン、パーンと音がした。銃声《じゅうせい》だ!

クラン通りの方向へ全速力で走り去る足音。

ドアがしずかに開いて、母がそっとのぞいた。起きあがっているぼくを見ると、入ってきてベッドの端《はし》に腰《こし》かけた。

「あれ、なに? どうしたの?」ぼくはたずねた。

母はぼくの肩《かた》に腕《うで》をまわした。ねまきの上にオーバーをはおっているだけだ。「あんたにはまだわからないわ。」小声でいった。「まだ、子どもなんだもの！　心配しなくてもいいのよ。」

そういいながらもおろおろしているのがわかった。「父さん、どこ？」ぼくはきいた。

「まだ帰っていらっしゃらないの。」母は心配そうにこたえた。

母がふるえているのが伝わってくる。

ぼくたちは外の物音に耳をすました。

外はもとの静けさをとりもどしていた。ときどき、押《お》し殺したうめき声がきこえるような気がした。だれかが助けをもとめているようなうめき声だ。

突然《とつぜん》、重そうな車が角《かど》をまがってくる音がした。ギギギッとブレーキがかかった。

鋲《びょう》を打った靴《くつ》がいっぱい、舗道《ほどう》にとびおりた。

命令が夜をついてひびきわたった。

つづいて二台目の、先のより軽い車がきて止まった。

耳をつんざく叫《さけ》びがひと声。

窓《まど》からのぞいてみる勇気はない。

二台目の車がタイヤをきしませて走り去った。

通りでは、角灯《かくとう》をもってなにかやっているらしい。光がぼくたちの部屋を明るく照らしだした。

母の髪《かみ》の毛はばらばらだ。

角灯《かくとう》の光があちこちに動く。窓《まど》の影《かげ》が巨大な黒い十字架《じゅうじか》のようになって、天井《てんじょう》を移動する。

母がぎゅっと身をちぢめた。

体をふるわせているのがわかる。

息づかいがはげしい。

ぼくたちはしっかり抱《だ》きあった。

騒《さわ》ぎは一時間もつづいただろうか、ようやく靴音《くつおと》がやみ、重い車は行ってしまった。

母はそれでもまだじっとしていた。

だいぶ長いあいだ、ぼくたちはそのまま待った。

とうとう母がいった。「おやすみ、ぼうや！　もうだいじょうぶよ、きっと。」かけぶとんでぼくの両肩《りょうかた》をくるみ、そっと部屋を出ていった。

ぼくはそのまま父が帰ってくるまで目をさましていた。


あくる日、午後になってやっと外に出してもらった。ハインツはすでに向かいの門扉《もんぴ》にぶらさがって遊んでいた。「きみ、もう見てきたかい?」ぼくを見るなりいった。

「なにを?」ぼくはまぬけ顔《がお》できいた。

ハインツは門扉《もんぴ》からおり、「行こう!」とさそって、先にたって駆《か》けていった。角《かど》をまがってトゥルム通りへ。

パン屋の前に人だかりがしていた。

ぼくたちは人ごみに割《わ》りこみ、ぎゅうぎゅう押《お》してよく見えるところまで出た。

壁《かべ》の、屋根の樋《とい》が地下に消えるところに、巨大《きょだい》な花輪《はなわ》が立てかけてあった。白地《しろじ》に黒のハーケンクロイツ*が描《えが》かれたまっ赤《か》なリボンが歩道《ほどう》にひろげられている。片方《かたほう》に、「殺された、われらが同志《どうし》に!」、もう片方に、「ドイツよ、目覚《めざ》めよ!」と金《きん》で書かれている。

ゆうべの、あの叫《さけ》びだ!

花輪《はなわ》の両脇《りょうわき》に、一人ずつ衛兵《えいへい》が立っていた。ヒトラーの少年だ*。両足を開き、両手を腰《こし》のベルトにかけ、帽子《ぼうし》のあごひもをおろしている。この寒さのなかで上着も着ず、茶色の開襟《かいきん》シャツ姿で、左腕《ひだりうで》にハーケンクロイツの腕章《わんしょう》*をしている。ぐっと前をにらみ、眉根《まゆね》ひとつ動かさない。

まわりをとりかこんでいる男や女が、興奮《こうふん》して昨夜の出来事《できごと》を話しあっていた。

「あたし、なにもかも見てたのよ！」小柄《こがら》な女がそういうと、ものみだかい人々がさっととりかこんだ。「銃声《じゅうせい》がしたとき、あたしたち、もう横になってたんだけど……」

若い娘《むすめ》が咳《せ》きこんでたずねた。「それで、やった人は？　人殺しの犯人《はんにん》も見たんですか？」

小柄《こがら》な女は残念そうに肩《かた》をすくめた。「それがね、逃《に》げたあとだったの！　赤*にちがいないわ、ねえ！」

人ごみのなかの太った女がののしりだした。「こまったことだよ、ほんとに！　あいつら、もっとましなことができないものかねえ――退屈《たいくつ》しのぎに、夜中、殺しあいなんかしてさ！　これじゃあ、もう、暗くなったら安心して道を歩くこともできやしない！」

別の女が勢いをえていった。「そうよ、この政治、いまいましいったらありゃしない！　ヒトラー*か、でなきゃ、テールマン*。茶色*か赤か。どっちもどっち、似《に》たり寄《よ》ったりなのに！　ばかを見るのはわたしたちよねえ！」

すると、中年の男が口をはさんだ。「そうじゃない！」めがねを拭《ふ》きながら、きっぱりといった。「政権《せいけん》をとるのが共産主義者《きょうさんしゅぎしゃ》*か国家社会主義者《こっかしゃかいしゅぎしゃ》*かで、大ちがいだ。共産主義者はおれたちから個人《こじん》の財産《ざいさん》を奪《うば》おうとして……」

太った女があざけるようにさえぎった。「来るなら、来てごらんよ。わたしのものには指一《ゆびいっ》本《ぼん》、触《ふ》れさせやしないから。」

男がまだなにかいおうとした。

と、それまで黙《だま》っていた一人の女が、きっとなって男を見すえた。「あなた、あなたはここで選挙演説《せんきょえんぜつ》をぶつように、この人たちからお金をもらってるんじゃないんですか？」そういって、ヒトラー・ユーゲントの二人を指さした。

中年の男は首をすくめただけで、なにもいわなかった。

「赤だろうが、茶色だろうが、どっちだってかまやしない。」太った女がいった。「肝心《かんじん》なのは、わたしたちに職《しょく》があって、食べものが十分《じゅうぶん》にあるかどうかってことよ！」

とりうち帽《ぼう》を目深《まぶか》にかぶり両手をズボンのポケットにつっこんだ若者が、ぼそっといった。「茶色のやつら、悪魔《あくま》にさらわれっちまえ！」そして、はなをすすりあげたとおもうと、花輪《はなわ》の二本のリボンのまんまんなかに、ぺっと唾《つば》を吐《は》いた。

みんな、はっとして、口をつぐんだ。

唾《つば》を吐《は》いた男はくるりと向きをかえ、立ち去っていった。

一人として、身動《みうご》きもしなかった。ただ黙《だま》って見ていた。

ふいに、怒りが爆発《ばくはつ》した。いまや全員が一致団結《いっちだんけつ》して、口々《くちぐち》にののしりはじめた。「卑劣《ひれつ》だ！　恥《はじ》しらずめ！　赤！　強盗《ごうとう》！」騒《さわ》ぎがさらに見物人を呼《よ》び寄《よ》せた。

わいわいいう人の波が、通りにあふれかえった。

「あいつを追え！」一人がどなった。

だれもその場を動かない。

ついにパトロールの警官《けいかん》が二人やってきた。「どいたどいた！　さあ、どいてください！」警官は命令して、しずかに、だがてきぱきとまず車道をあけ、つづいて歩道もあけた。人の群《む》れは散《ち》っていった。

二人のヒトラー・ユーゲントだけが、花輪《はなわ》の両脇《りょうわき》にのこった。微動《びどう》だにせず、通りの向こうに視線《しせん》をすえている。すべて自分たちには関係ないといったようすだ。

「ねえ、」ハインツがいった。「あのヒトラー・ユーゲントたちの態度《たいど》、立派《りっぱ》だね。すごいと思うな、ぼく。」

「クラン通りで犯人《はんにん》をさがしてるよ！」もう暮《く》れかかったころ、ふとっちょがぼくたちに声をかけた。

クラン通りの角《かど》に人だかりがしていた。弁当を手にした男たち、買《か》い物《もの》かごをさげた女たち、人形のうば車《ぐるま》を押《お》している女の子、はなをたらした弟をつれた男の子。

すぐ近くにギュンターがいることに、ぼくは気がついた。

クラン通りに通じるところは、どこも警官《けいかん》が人の鎖《くさり》をつくって守っていた。重装備《じゅうそうび》で、ゴムのこん棒《ぼう》をいつでもつかめるようにさげた警官たちが手をつないで立ちふさがり、一人の人間も出入りさせない。のぞいてみようと警戒線近《けいかいせんちか》くまで行くものがあると、ただちにおそろしい声でどなっている。「さがって！　ここに立ち止まらないで！」

立ち去るものは一人もいない。

警官《けいかん》の命令に反して見物人は増《ふ》えるばかりだ。警官の鎖《くさり》はぐんぐんちぢまっていった。

人だかりがふくらんでいまにも鎖《くさり》が切られようとしたとき、ピーッと一吹《ひとふ》き、クラン通りに笛《ふえ》が鳴りひびいた。とたんに一つの建物《たてもの》から別の警官の一隊がとびだしてきて、それまでの鎖の外にもう一列、警官の鎖をつくって立った。いまや、二重の鎖でクラン通りへの立ち入りが阻止《そし》された。

通りは急な下りになっているので、ぼくたちのいるところからその道全部がよく見えた。がらんとしている。

車道《しゃどう》のまんなかに、警察《けいさつ》の特別出動隊《とくべつしゅつどうたい》の大きな車が一台止まっているきりだ。その車のまわりに銃《じゅう》をかまえた警官《けいかん》が散《ち》らばって立ち、あたりの家を見張《みは》っている。車の荷台《にだい》から強力なサーチライトが家々の窓《まど》や屋根を照らしだす。光の帯《おび》は、警官の一団が建物《たてもの》の一つ一つに押《お》し入《い》るその動きを追って移動する。警官たちは、銃を手にし、一軒一軒《いっけんいっけん》、入っては出てきて、しらみつぶしの捜索《そうさく》をしていた。

ぼくたち見物人はその動きをわくわくしながら追った。殺人犯《さつじんはん》を引っぱって出てくるのを、いまやおそしと待った。だれもかれも、殺人犯というものをいっぺん見てみたかったのだ。警官《けいかん》たちが一つの建物《たてもの》から出てくるたびに、見物人の集団は息をのみ、ささやきもピタリと止《や》む。一軒一軒《いっけんいっけん》、緊張《きんちょう》がたかまっていく。出てきた警官たちがそのまま次の建物に入っていくと、待っている人たちのあいだに失望《しつぼう》のため息が走るのが聞こえるほどだった。

クラン通りのほぼ半分がむだな捜索《そうさく》に終わったころ、緊張《きんちょう》がとけてきた。がやがやと話しあったり、あちらで一人、こちらで一人、暗闇《くらやみ》のなかで、意見をいってみるものが出はじめた。

「おまわりさん！　ほら、あそこ、あそこを走ってるよ！」群衆《ぐんしゅう》のなかから一人が叫《さけ》んだ。

警官《けいかん》のうち二人がほんとうにそちらを見ると、大勢《おおぜい》がどっとわらった。

捜索隊《そうさくたい》がクラン通りの最後の家に近づいた。犯人《はんにん》はまだ見つからない。

ひやかすものも出はじめた。「あの人たちに、見つけられるもんか！」別の一人がまじめくさった調子でいった。「そうとも、見つかりっこないよ。犯人《はんにん》は捜索隊《そうさくたい》のなかにいて、いっしょに捜《さが》してるんだから！」この洒落《しゃれ》にはだれもわらわなかった。

「赤のやつら、もうとっくに犯人《はんにん》を逃《に》がしたんだね！」ハインツがぼくにささやいた。「そうじゃなかったら、SA*が今朝《けさ》早くもうつかまえたにちがいないもの。」

ギュンターがむこうからさぐるような目でハインツをじっと見ている。

捜索隊《そうさくたい》が最後の建物《たてもの》から出てきた。隊長《たいちょう》が二人の上官《じょうかん》に報告をした。上官たちはまだあきらめきれず、相談をしている。やがて、クラン通りに、またピーッと笛《ふえ》が鳴りひびいた。外がわの鎖《くさり》をつくっていた警官《けいかん》が持《も》ち場《ば》をはなれ、駆《か》け足《あし》で特別出動隊《とくべつしゅつどうたい》の大きな車にもどって乗った。サーチライトが消えた。見張《みは》りのものたちが銃《じゅう》をおろした。

もう一度、笛《ふえ》が鳴った。

警戒線《けいかいせん》がすっかりとかれ、警官《けいかん》たちは行進態勢《こうしんたいせい》にならんだ。特別出動隊《とくべつしゅつどうたい》の車がそろそろとこちらへ動きだした。警官が一人、先に立って道をあけようとする。

だが、人々は立ち去ろうとしなかった。まだなにか起こるのではと期待しているもの、行進する隊を見たいと思っているもの、とにかくみんな結果に不満なのだ。

そのとき、ぼくたちの後ろの通りから歌声《うたごえ》があがった。動きだしていた特別出動隊《とくべつしゅつどうたい》の車の音も群衆《ぐんしゅう》のざわめきをも圧《あっ》して、高らかにひびきわたる歌声。

夕べの太陽が　黄金の
最後の光を　小さな町に　小さな町に
投げて　ゆっくり　沈《しず》んだあとに
ヒトラーの連隊《れんたい》が　入ってきた*

みんな一斉《いっせい》にふりむいて、うたいながらやってくる一団を見た。ＳＡ突撃隊《とつげきたい》だ。*先頭に突撃隊長、つづいて旗手《きしゅ》、そして三小隊《しょうたい》がやってくる。ＳＡ隊員のほとんどは茶色の開襟《かいきん》シャツに長靴《ちょうか》という恰好《かっこう》だ。ジャンパーの腕《うで》にハーケンクロイツの腕章《わんしょう》をつけただけのものも、わずかだがいた。

かれらの歌は　悲しみにあふれて
小さなしずかな　町に流れる　町に流れる

なぜなら　いましも　柩《ひつぎ》をかついで
埋葬《まいそう》したのは　ヒトラーの仲間……

特別出動隊《とくべつしゅつどうたい》の車が止まった。思わぬ見世物《みせもの》に興味《きょうみ》しんしんの群衆《ぐんしゅう》が一人として車道をあけようとしないから、ＳＡ突撃隊《とつげきたい》をまず通してやるよりしかたがない。

「歌ー、やめっ！」ＳＡの隊長《たいちょう》が号令をかけた。そして特別出動隊《とくべつしゅつどうたい》の車のまん前にくると、すっと隊列《たいれつ》からそれた。隊員《たいいん》はそのまま進んだ。

「全員ー、止まれっ！」

ＳＡ隊員《たいいん》が止まった。足並《あしな》みがピタリと揃《そろ》っている。遅《おく》れて踵《かかと》をあわせるものなど一人もいない。

「左向けー、左！」

隊員が一斉《いっせい》に隊長の方に向きをかえた。特別出動隊《とくべつしゅつどうたい》の車の止まっている方だ。

突撃隊《とつげきたい》の隊長《たいちょう》も車に視線《しせん》を向けて、車の乗員《じょういん》をさぐるように見た。

「休め！」

ＳＡ突撃隊《とつげきたい》の隊長《たいちょう》が、やおら特別出動隊《とくべつしゅつどうたい》の車の方へ進んだ。見物人はいそいそと道をあけた。

「ハイル　ヒトラー！」＊SAの隊長《たいちょう》は右腕《みぎうで》をさっとあげ、大声で警官《けいかん》がわの年とった隊長《たいちょう》に挨拶《あいさつ》した。「われわれは、貴殿《きでん》が捜《さが》しておられる殺人犯《さつじんはん》をひきわたしにきた。」短く、そしてまわりの見物人にも聞こえるように、はっきりといった。

警官《けいかん》がわの隊長《たいちょう》はあっけにとられて、どう対処《たいしょ》すべきかわからず、ただうろうろとまわりを見まわした。

「つれてこい！」SAの隊長《たいちょう》が部下に命令した。

先頭の小隊《しょうたい》の最後列《さいこうれつ》から、二人の大男の隊員《たいいん》が進みでた。二人のあいだに両脇《りょうわき》をかかえられた男がいる。血まみれになったくしゃくしゃの服。顔はなぐられてゆがみ、足は舗道《ほどう》をするばかりだ。意識《いしき》を失っているらしい。

「ああっ！」男がそばを引きずられていくと、何人かの女から声がもれた。

「ひどい目にあわせたもんだ！」群衆《ぐんしゅう》のなかの男が一人、ささやいた。

ギュンターはぎょっとしたおももちで、殺人犯《さつじんはん》を見つめている。

ハインツは嫌悪《けんお》の情もあらわに、顔をそむけた。

みんな、息をつめて、失神《しっしん》している男が引きずられていくのを見ていた。

二人の警官《けいかん》が犯人《はんにん》を受け取って、車の荷台《にだい》にのせた。

警官たちがＳＡの隊長《たいちょう》になにか尋《たず》ねようとしたが、隊長は手をふってさえぎった。そして部下のところへもどった。ＳＡ突撃隊《とつげきたい》はただちに行進をはじめた。

そのあとから、失神《しっしん》した男をのせた特別出動隊《とくべつしゅつどうたい》の車がそろそろと進んだ。警官《けいかん》の一隊が、しんがりをつとめた。

ハインツとぼくも、くっついていった。

ずっと先でＳＡ隊員《たいいん》がまたうたっているのが聞こえてきた。

ドイツの国土を　進むはわれら
ヒトラーのために　戦うわれら
赤のやつらは　うちのめせ
ＳＡわれらは　行進だ
気をつけーっ！　ものども
あけろーっ　道を！＊

わきにそれる道があるごとに見物人は少しずつ消えて、少なくなっていった。だが、ギュンターはずっとぼくたちの近くにいた。

「いよいよだなー!」ハインツがいった。「茶色組が勝つぞ!」

インターナショナル

ぼくはギュンターといっしょにアパートの入り口の段《だん》に腰《こし》をおろしていた。父の帰りを待っていたのだ。まもなく、父は仕事から帰ってくるはずだった。帰ってきたら、夕食だ。だから、ギュンターは自分のうちへ帰っていく。

こぬか雨が降っていた。通りはどんよりとして、夏にしてはひどく寒かった。

「ねえ、」ギュンターがいった。「ぼく、ハインツと友だちになりたいな。」

「なればいいじゃないか。どうしてだい?」ぼくはきいた。

ギュンターはこたえない。

ぼくは靴《くつ》の紐《ひも》をもてあそんでいた。

ふいに、ギュンターが小声でうたいだした。

立て、飢《う》えたるもの……

ぼくもいっしょになって、うたった。

いざ、戦わん、いざ……

二人いっしょに、いやな天気もふっとんでしまえと、ぬれた道路に向かって声をはりあげた。

ああ　インターナショナル
われらがもの……

通りをいく人は、ぼくたちの歌をきくと足を速めて行ってしまった。ぼくたちを見て、ほほえみかける人もいた。労働者ふうの中年の男が一人、はげますようにウインクをして通りすぎた。

そこへ父が角《かど》をまがってやってきた。はっとしたようだった。次の瞬間《しゅんかん》、歌声《うたごえ》がぼくたちのものだとわかると、かばんをもった腕《うで》をふりまわしながら、大急ぎで走ってきた。「おまえたち！　気がおかしくなったのか！」ずっと向こうからそう叫《さけ》んだ。

度《ど》を失った父のようすにおどろいて、ぼくたちはうたうのをやめた。

父は息せききって駆《か》けてくると、はあはあいいながら命令した。「さあ、早く、いっしょにおいで！」説明はなんにもなかった。

ギュンターはぼくのあとについて階段《かいだん》をのぼりながら、まだ『インターナショナル*』をハミングしている。

父はぼくたちを家に入れた。玄関《げんかん》のドアをしっかりと閉めてから、ドアを背《せ》に立った。そしてまだ息をはずませながら、いった。「母さん、おれだ！　すぐ行くから！」声をおとして、つけくわえた。「ちょっとこの子たちにいってやらなきゃいけないことがあるんだ。」そして、やっと、ほーっと息をついた。

ぼくたちはうすぐらい玄関《げんかん》につっ立って、なにか後ろめたい気持ちがしていた。けれどもなぜ後ろめたいのかはわからなかった。父がなにをいうのか、不安にかられながら、待った。『インターナショナル』と関係がありそうなことはわかっていた。

「おまえたち、あの歌、だれに教わったんだい？」父がたずねた。

ぼくは肩《かた》をすくめた。

「ぼくんちの父さん、夜、よくうたってるもの――きげんがいいとね。」ギュンターがいった。

母がやってきて、たずねた。「なんの歌?」

「いいかい、母さん。」父がいった。「この子たちったら、アパートの入り口の段《だん》にすわって、大声で『インターナショナル』をうたってるんだ。」

母は首をかしげた。「『インターナショナル』って、どんな歌?」

こたえるかわりに、父は歌の最初のメロディーをハミングした。

「あ、そう! 共産主義者《きょうさんしゅぎしゃ》の歌ね。」母はうなずいた。

「ギュンター、おまえ、いくつ?」父がたずねた。

「八つ。」ギュンターがこたえた。

父はちょっと咳《せき》ばらいをした。「そうか、おまえたち、おない年《どし》なんだな! ――いいかい、よーく聞くんだよ。――いや、どう話してやればいいのか、おれにはわからない。――おまえたちには、まだむりだ。わからんだろう! ――まだ、子どもだからなあ。――んー、どう話せばいいのか……」

台所の方へもどりかけていた母が、ふりむいていった。「子どもに政治のことは聞かせないでね!」

父はだまって考えていた。「いいかい、ああいう歌を外でうたってもいい時節《じせつ》はもう終わったんだ。おれたちの新しい首相《しゅしょう》、ヒトラーは、ああいうのがきらいなんだ。赤は禁止《きんし》になった。――おまえたち、あの歌は、もう忘れてしまうんだな。そのほうが、いい。」

長い演説《えんぜつ》をぶった父は、ひたいの汗《あせ》をぬぐった。「そうしないと、だれかがあんなどうでもいい歌を理由におれたちを訴《うった》える。そうなったら、ああいう収容所《しゅうようじょ》の一つに入れられるんだよ。」父はドアの把手《とって》に手をかけた。

「なら、ぼくたち、どんな歌をうたえばいいの?」ギュンターが口をとがらせていった。

「そうさな、どうしても外でうたいたいんなら、それなら、『旗をかかげて』かな……」

父は玄関《げんかん》のドアをあけた。

「さ、ギュンター、家におかえり。うちは、晩《ばん》ごはんだから。」

ギュンターはさよならをいって外に出た。階段《かいだん》をおりながら小声でうたっているのが聞こえた。

旗を　かかげて

隊伍《たいご》を　組んで
確かな　歩調で
SA　進む
赤や　反動に　撃《う》たれた仲間も
われらの心に　生きつづけていて
われらとともに　行進する……

＊

母は夕食の用意をすでにととのえていた。炒《いた》めじゃがいもと大きなベーコンのかたまりだ。

父がベーコンをみんなに切り分けた。そしてフォークをじゃがいもに突きさしながら、ぼくを見た。「おまえ、危険《きけん》な友だちをもってるんだな！　危《あぶ》ない、とっても危ない友だちだ！」

「子どもどうしのことじゃないの。」母がいった。

「いや、子どもどうしだって危険《きけん》だよ！」父はいいかえした。

母が席を立ち、麦芽《ばくが》コーヒーの入った大きなポットをもって食卓《しょくたく》にもどってきた。

と、玄関《げんかん》のベルが鳴った。

母が出ていった。

ぼくたちは聞き耳をたてた。
母の声。
力づよい男の声がこたえている。
かたい足音が廊下《ろうか》をこちらへやってきた。
台所のドアがあいた。
「ハイル　ヒトラー！」男は挨拶《あいさつ》して、入ってきた。
父はちょっとうなずいて、いった。「こんばんは、パウル。」

## 選　挙

一月、アードルフ・ヒトラーがドイツ帝国首相《ていこくしゅしょう》*になる。二月、ベルリンの国会議事堂が焼ける。三月、総選挙。四月、ユダヤ人排斥《はいせき》開始。五月、労働組合《ろうどうくみあい》が解散《かいさん》させられる。六月、各政党《かくせいとう》がみずから解散しはじめる。七月、新しい政党の結成《けっせい》が禁止《きんし》される。八月、休暇《きゅうか》の時期で、やや平穏《へいおん》にすぎる。九月、ニュルンベルクで《勝利の帝国党大会》*開催《かいさい》。十月、ジュネーヴの国際連盟《こくさいれんめい》*から脱退《だったい》。——そして十一月、早くもまた総選挙が実施《じっし》された。

母は窓《まど》から外を眺《なが》めた。「んー、だいぶ霧《きり》が出てるわね。それに、寒そう。」洋服だんすからぼくの厚いオーバーをとりだし、毛糸のえりまきを巻《ま》いてくれた。てっぺんに毛糸のポンポンがついたスキー帽《ぼう》もかぶらされた。

父はいちばんいい背広《せびろ》を着た。オーバーはまだ買えないでいた。

母もよそゆきの服を着た。

それから、ぼくたちは出かけた。行く先は学校。そこが投票所《とうひょうじょ》だった。

学校までの道は、旗《はた》が立ちならび、スローガンを書いた横断幕《おうだんまく》でいっぱいだった。旗は黒白赤の三色旗《さんしょくき》とハーケンクロイツの旗が交互《こうご》に立っている。横断幕にはこう書かれていた。

アードルフ・ヒトラーで、平和を！
ドイツに平等の権利を！*
ドイツに自決権を！*

さらに、大統領陸軍元帥《だいとうりょうりくぐんげんすい》ヒンデンブルク*と並んだ首相《しゅしょう》アードルフ・ヒトラーのポスターがいたるところに貼《は》られていた。

要所要所《ようしょようしょ》に、老人や体の不自由な人を投票所《とうひょうじょ》に運ぶための車が何台か用意してあった。運転手たちが車の踏《ふ》み段《だん》に腰《こし》かけてトランプをしている。

大勢《おおぜい》の人が学校の方へ吸《す》いよせられていった。町の住人《じゅうにん》が一人のこらず集まってくるといったようすだ。

父も母も挨拶《あいさつ》ばかりしている。たいていは「おはようございます!」だが、父はときどき手をさっとあげ、通りの向こうに「ハイル　ヒトラー!」とどなっている。母はちょっと頭をさげるだけ、だが、口ではやはり「ハイル　ヒトラー!」といっていた。

学校には無数《むすう》の立《た》て札《ふだ》が立ち、矢印《やじるし》が書かれて、体育館の場所を示していた。それでも迷《まよ》う人がいると、ただちにSAかヒトラー・ユーゲントの隊員《たいいん》がとんできて、案内した。

体育館の入り口にハインツが立ってビラを配っていた。一人一人、選挙人の手に念《ねん》をいれてわたしている。

ハインツの仕事ぶりは、あざやかなものだった。一度に大勢《おおぜい》の選挙人が押《お》しよせると、全員にビラを配りおえるまで入り口に立ちふさがっている。

母はビラを手わたされて、はじめてそれがハインツだと気がついた。ハインツも茶色の開襟《かいきん》シャツを着ていたからだ。「あなた、ここで、なにをしてるの?」母はおどろいてたずねた。

「ぼくも、入ったんです。」ハインツは得意そうにこたえた。

母は理解できなかったらしい。「なにに?」

ハインツは茶色の開襟《かいきん》シャツを指《ゆび》さしてから、踵《かかと》をカチッとあわせ、右手をズボンの縫《ぬ》い目《め》にピタリと当てて、左手でおなかの前のビラの入った包《つつ》みを押《お》さえた。

「ドイツ少年団*に入りました!」

「あら、そう?!」母はいった。「あなた、いくつなの?」

「ぼく、もう十歳《さい》です。」ハインツがこたえた。

「そう! じゃあ、そんならすいシャツ姿で、風邪《かぜ》をひかないように気をつけてね。」

父はまだビラを読んでいる。

「ハインツ!」校庭の向こうから呼《よ》び声《ごえ》がきこえた。「ハインツ!」

ハインツはさっとふりむいて呼んでいる人を見、返事をした。「はい!」

大きなオープンカーの運転席で茶色の制服を着た男が呼んでいる。「いっしょにおいで!」

「はいっ、わかりました!」それから、ぼくたちの方にむきなおっていった。「すみませんけど、ぼく、父といっしょに選挙人を迎《むか》えにいかなくちゃならないんです。」そしてまた踵《かかと》をカチッとあわせ、あごでぼくをさしながらいった。「きみも、ピンプ*になればいいのに。」

ハインツは車の方へ走っていって、ひらりと父親のそばに乗りこんだ。父はそれをじっと見ていた。

車はすぐ走りだし、校庭を出て郊外《こうがい》の方向へ去っていった。

父と母は体育館へ入っていった。

管理人《かんりにん》が二人を迎《むか》え、ぼくにはほかの子どもたちといっしょに入り口のベンチにすわっているよう指示《しじ》した。

ぼくたち子どもは、両親が選挙を終えてもどってくるまで、そこで待たされるのだ。

父と母は、投票用紙《とうひょうようし》と封筒《ふうとう》を受けとるために、長い列の後ろについた。

一人一人、二枚の用紙をもらっている。白と、緑の用紙だ。

「どういうことだ、これは?」一人の男がいきりたって叫《さけ》んだ。白の投票用紙《とうひょうようし》を高くかかげている。「ヒトラーのところに印《しるし》をつける以外、どうしようもないじゃないか、え?!」体育館にひびきわたる声だ。

たちまち会場のざわめきがやんだ。しーんとなった。みんなの視線《しせん》がその男に注《そそ》がれている。

ぼくははっとした。ギュンターのお父さんだ。

「おれがヒトラーを選びたくなかったら、どうすればいいんだ?」

管理人《かんりにん》が体育館のドアを閉《し》め、さっとギュンターのお父さんのそばへ駆《か》けよった。

「それに、これはなんだ?」お父さんはかまわず体育館いっぱいにひびきわたる声でどなった。大声で緑の用紙を読みはじめた。

「ドイツ人の男性ならびに女性の諸君《しょくん》、諸君は諸君の帝国政府《ていこくせいふ》が行なう政治に同意し、それを諸君自身《しょくんじしん》の見解《けんかい》と意志の表明《ひょうめい》であると宣言《せんげん》して、自らそれに属《ぞく》することを誠意《せいい》をもって認《みと》める用意がありますか?」

まだ読みおわらないうちに、管理人《かんりにん》がギュンターのお父さんの腕《うで》をつかんだ。

体育館の人は、全員ものもいえずに事《こと》の成《な》り行《ゆ》きを見守っている。

「放してくれよ。」ギュンターのお父さんはおだやかにたのんだ。

「しずかにしろっ!」管理人《かんりにん》はいった。「あんたのしたことは、選挙妨害《ぼうがい》だ。反対運動だ。」

ギュンターのお父さんは管理人に両方の用紙をつきつけた。

「選挙だって?!」お父さんはわらった。「この用紙のどこに選ぶ余地《よち》があるか、見せてもらいたいね。」

管理人《かんりにん》はこたえなかった。

ゆっくりと、おそろしくゆっくりと、ギュンターのお父さんは全員の見ているなかで投票用《とうひょうよう》紙《し》を破りすてた。小さくなった紙くずが床《ゆか》に散《ち》った。そして、管理人《かんりにん》に引っぱられるまま、体育館を出ていった。

しばらくのあいだ、体育館は不気味《ぶきみ》なほど静かだった。管理人《かんりにん》が一人でもどってきて入り口のドアが二枚とも開けはなたれると、やっと、すべてがまた動きだした。まるで何事《なにごと》もなかったように。選挙人は板囲《いたがこ》いのなかに消え、しばらくして投票用紙《とうひょうようし》を入れた封筒《ふうとう》を手に出てきて、そこに置かれた投票箱に入れる。

ぼくは両親といっしょに体育館を出た。父も母も無言《むごん》のままだ。校庭で、ハインツに出会った。お父さんといっしょによぼよぼのおばあさんを車から助けおろしていた。おばあさんは頭も両手もふるえている。だが、ハインツは用心ぶかく手をひいて、おばあさんに説明しながら、校庭を進んでいった。

「……白いほうの用紙には、《国家《こっか》社会主義《しゃかいしゅぎ》ドイツ労働者党《ろうどうしゃとう》》*の横にある丸のなかに印《しるし》をつけてね。それから、緑の用紙には賛成の丸のなかに印を書き入れてください。そうしたら、正しく選んだことになるから。」

おばあさんの目は涙《なみだ》でうるんでいた。

父がぼくの手をとった。学校を出ると、母にいった。「すごい子だな、あのハインツは。」

そして、ぼくに、「おまえ、ああいう子を友だちにしなくちゃ！」

## 一九三四年〔九歳《さい》〕

### 行進

朝ねだり、昼ねだり、夜にねだった。

だが、母は頑《がん》としてきいてくれなかった。「そんなお金、ないのよ!」そういうばかりだった。

ぼくはがっかりして、ただもう、うろうろしていた。

そこへ、祖母が訪ねてきた。——そして、夢にまで見た茶色の開襟《かいきん》シャツを買ってくれた。これでぼくも大行進に参加できるのだ。指令《しれい》には「茶色の開襟シャツ着用者《ちゃくようしゃ》のみ」とある。「日曜日、朝九時、所定《しょてい》の場所に集合のこと。食糧《しょくりょう》は各自《かくじ》持参《じさん》のこと。」

前の晩《ばん》、ぼくはよく眠《ねむ》れなかった。そして八時十五分にはもう集合場所に立っていた。いっぱい詰《つ》めこんだ父の古い食糧袋《しょくりょうぶくろ》をもち、まっさらの開襟《かいきん》シャツを着て。

ほかの子たちが、洗いざらして黄色っぽくなった開襟シャツを着てやってきた。ぼくを見て、にやにやしている。

「ほっときゃいいんだ！」ハインツが慰《なぐさ》めてくれ、ぼくの肩《かた》に手をおいた。「よかったなあ、きみも参加できて！」ぼくの足もとを指《ゆび》さして「歩調《ほちょう》を合わせることを忘れちゃだめだよ――いつも、きちんと歩調を合わせること。」そういってから、先頭の旗手《きしゅ》の方へ駆《か》けていった。

ぼくはほかの子たちのなかにまぎれこんだ。

九時。

最年長の分団長《ぶんだんちょう》がぼくたち全員を集合させ、点呼《てんこ》し、整列させた。そして、「茶色の開襟《かいきん》シャツ着用の少年団*団員、行進の準備が整いました！」と団長*に報告した。団長は全員を見てまわり、かけ忘れのボタンをかけてやったり、首に巻いたスカーフをきちんと直してやったりした。

ぼくは最年少だった。

団長はぼくの前に来ると、こぶしを腰《こし》にあてて立ちどまった。頭のてっぺんから爪先《つまさき》までじろじろと眺《なが》めまわし、襟《えり》に手をかけて引っぱりながら、にやにやした。だいぶたって、たずねた。「おまえ、大行進に参加したことがあるのか？」

「いいえ、まだです、団長！」ぼくは小さな声で白状《はくじょう》した。ふくらんでいた夢が、しぼんだ。

「もっと大きな声で！」団長は叱《しか》りつけた。が、つづけてたずねた。「おまえ、やれると思うのか？」

「はいっ、やれます、団長！」ぼくは声をはりあげて、叫《さけ》んだ。

だが、団長の不信は消えなかった。「まあ、そう願うとしよう。」

やっとのことで、出発だ。白で勝利の印《しるし》＊を入れた黒の団旗《だんき》を先頭に、ぼくたちは行進をはじめた。歌声でまわりの家の人々を眠《ねむ》りからたたき起こしながら。

肩《かた》を並《なら》べて　われら　進めば
声を合わせて　歌を　うたえば
こだまが　森から　返ってきて
胸《むね》を　おどらせ　希望を　燃やす
いまや　来たれり　新たな　時が
いまや　来たれり　われらと　ともに＊

男たちがあくびをしながら、女たちが髪《かみ》をとかさないまま、窓《まど》に姿《すがた》をあらわした。ぼくの怖《お》じ気《け》は歌とともに消えた。恍惚状態《こうこつじょうたい》で脚《あし》を蹴《け》りだし、あたらしい開襟《かいきん》シャツのボタンがはちきれんばかりに胸《むね》をはった。

集合場所の広場をジグザグ行進してから通りへ曲がるとき、ハインツとすれちがった。ハインツはぼくを見て、ウインクした。

出発地点からそう遠くないところで、一人の歩行者がぼくたちに追いついていっしょに歩きだした。歩調《ほちょう》を合わせ、隊列《たいれつ》のそばを、体をふりふりけんめいに行進している。ベルトにぶらさげた食糧袋《しょくりょうぶくろ》がゆれる。一歩一歩、その重さがこれからの行進を意識させはじめた。

隊列《たいれつ》は大通りに出た。

市電がベルを鳴らしながらぼくたちを追《お》い越《こ》していった。まばらな乗客が、車内からぼくたち少年団を見下ろしていた。

市電を見つめていたせいで、ぼくの歩調《ほちょう》がみだれた。足を踏《ふ》みかえようとするが、うまくいかない。右足だけで跳《と》びつづけて、ようやくまた歩調を合わせることに成功した。

ぼくたちは市の中心部に向かっていった。

曲がり角《かど》にきたとき、ハインツがぼくの方をふりかえって、ウインクした。

ウインクをかえそうとしたはずみに、前の子の踵《かかと》を踏《ふ》んづけた。

その子がふりかえってぼくをにらみつけた。だが、なにもいいはしなかった。

教会へ行く人の一団とすれちがった。黒っぽい服装《ふくそう》で、賛美歌《さんびか》の本をもっている。ぼくたちの行進に賛成できないというようすがありありと見てとれた。

だが、ぼくは気にも、とめなかった。歩調《ほちょう》をそろえ、また前の子の足を踏《ふ》まないよう、その子の足が地におりるのをけんめいに見つめて、聞こえないほどの小声で調子をとった。「一、二、一、二、——左、右、左、右、——」

団長は隊列《たいれつ》のまわりをまわっていた。ぼくのそばに来ると、とくに長いあいだそのままついて歩いた。それから後ろにまわってぼくの歩きぶりを観察しながら行進した。

ぼくは注意を受けないよう、気力をふるいたたせてがんばった。

しかし、体がついていかなかった。ややもすると歩調《ほちょう》がみだれ、ぶざまによろけて小走《こばし》りに前の子につっかかっていく。

ふいに、後ろにいた団長がいなくなり、代わりにハインツがぼくと並《なら》んで歩いていた。

いつ、どんなぐあいにやってきたのか、ぜんぜん気がつかなかった。

通りの交通がはげしくなった。警笛《けいてき》をならしながらそばを走りすぎていく車もある。運転手も同乗者《どうじょうしゃ》も、ぼくたちの顔をにらみつけている。巻《ま》きおこした疾風《しっぷう》でぼくたちをたたきつけるように、猛烈《もうれつ》なスピードを出して走り去るのもあった。

脚《あし》が重くなってきた。眠《ねむ》りが足りていないことが感じられ、疲《つか》れがどっと押《お》しよせた。歩調《ほちょう》を合わせようとする努力はもうほとんど消えて、ふだんの自分の歩き方で遅《おく》れがちについていくのがせいいっぱいになった。

市の中心部近くになると、人が多くなった。一人ずつポツンポツンと、あるいはグループで、道ばたに立っている。

おばあさんが一人、隊列《たいれつ》の最後を行くぼくを見て、首を横にふった。

それを見たのまではおぼえている。だが、そのあと、まわりがかすみはじめた。騒音《そうおん》とさまざまな色の雲のなかにいるような感じがして、もうなにもかもどうでもよくなった。目の前を茶色の背中の集団が動いている。行進、行進、行進……

「きみの食糧袋《しょくりょうぶくろ》、もってあげるよ!」ハインツがいった。そして、ぼくの返事も待たずに腰《こし》のベルトから重荷《おもに》をはずしてくれた。

市庁舎前《しちょうしゃまえ》広場にくると、拡声器《かくせいき》をつけた車がぼくたちを迎《むか》えた。行進曲とアピールがあたりを圧《あつ》してひびきわたる。

それがぼくを徹底的《てっていてき》に混乱《こんらん》させた。ぼくはうつろな目で前をにらみ、自分にどなりはじめた。

「がんばれ！　負けるな！　がんばれ……」

いまや、広場に通じるあらゆる道から、他のドイツ少年団やヒトラー・ユーゲントの団＊が続々《ぞくぞく》入場しはじめた。先を見とおすこともできないほどの茶色の帯《おび》が、通りから川までのびている。

この帯《おび》の一員として歩《あゆ》むのは、もうむりだった。ぼくは意志に反して何度も隊列《たいれつ》からはみでた。そして、よろよろと列の脇《わき》を歩いた。

ハインツはそんなぼくをけんめいに支《ささ》えてくれた。列に引きもどし、腕《うで》を組んで引っぱり、ころびそうになると助けあげる。

日曜日の盛装《せいそう》をした人の群《む》れが、茶色の蛇《へび》のそばを流れていく。みんな同じ目的地に向かって進んでいる。

目の前がまわりはじめた。脚《あし》が上がっては下がり、膝《ひざ》が曲がっては伸《の》び、足が地を離《はな》れてはまた踏《ふ》みしめる、それが見えるだけだ。脚、膝、足、敷石《しきいし》、敷石、敷石……

橋のたもとで「歩調《ほちょう》ー、やめーっ！」＊の号令がかかった。もってきたパンをとりだすもの、話をはじめるもの。ザックザックというそろった響《ひび》きだったものが、やかましいだけの足音に変わった。

ぼくは自分たちの団の最後尾《さいこうび》で、よろよろするばかりだった。

ハインツが脇《わき》の下に腕《うで》をまわして支《ささ》えあげた。「さあ、このお金をもって。橋の向こうがわのたもとに停留所《ていりゅうじょ》があるから、そこから市電に乗って帰れ。列をはなれて、靴《くつ》の紐《ひも》をむすんで。わかりゃしないから。団長にはぼくが報告しておくよ。」

ぼくはハインツのいうことが理解できなかった。

ハインツはぼくを歩道に押《お》しあげた。「この次には、もうだいじょうぶだ！」そう慰《なぐさ》めて、ぼくの食糧袋《しょくりょうぶくろ》を手に押しつけた。

ぼくは橋の欄干《らんかん》にもたれた。

ドイツ少年団の一団一団が、通りすぎていった。

突然、なにがおこったか、理解できた。そのとたん、ぼくは意に反して泣いた。声はあげず、だが、身をふるわせて、泣いた。

女の人が声をかけた。「どうしたの？　気分でもわるいの？」

ぼくは夢中《むちゅう》で走った。市電の停留所《ていりゅうじょ》へ走った。

# 歓《かん》迎《げい》

太陽が刺《さ》すように照りつけていた。もう四時間近くも、ぼくたちはその炎熱《えんねつ》にさらされて立っていた。

向こうで、看護婦《かんごふ》たちが失神《しっしん》した女の子のせわをしていた。

大きな広場を、SA、ヒトラー・ユーゲント、ドイツ少女同盟《どうめい》、*ドイツ少女団、*そして、ぼくたちドイツ少年団がびっしりととりまいていた。

ぽっかりと空けられた広場のまんなか、その上空で空気がゆらいでいた。

「おのが民族への愛は、喜んで命をさしだすことによってのみ、証明されるのだ！——アードルフ・ヒトラー」巨大《きょだい》な垂《た》れ幕《まく》には、そう書かれていた。

ぼくたちは時間つぶしに代《か》わる代《が》わる歌をうたった。

待ちくたびれているまわりの人たちも、ときどきいっしょになってうたっている。

その合間《あいま》をぬって、拡声器《かくせいき》から行進曲が流れた。

がまんできなくなったものが、一人、また一人と、前に出ては通りの右がわをすかし見ている。

見えない。人ばかりだ。見わたすかぎり、人、人、人。車が一台とおれるだけのあいだをあけて、人垣《ひとがき》はずっと向こうまでつづいていた。窓《まど》という窓には、旗《はた》がかかっていた。――人と旗の海。

ハインツもたいくつしはじめたらしい。足を踏《ふ》みかえては、目の前の地面を見つめている。話をする元気は、もうだれにもない。

団長が、しだいにその間隔《かんかく》をせばめて、何度も何度も見まわっている。待つあいだの気をまぎらせようと、そのつどなにか情報をささやきながら。「あと半時間だ!」――「もうすぐにちがいない!」

「到着《とうちゃく》!」

ふいに、思いもかけずふいに、声がひびきわたった。

最初は強い風が吹《ふ》いてくるときのようなざわめきだった。が、それがしだいにふくらみ、刻《こく》一刻《いっこく》、大きく、高くなったと思うと、あっという速さで伝播《でんぱ》した。沸《わ》きたちどよめく嵐《あらし》となり、轟音《ごうおん》をともなって通りを駆《か》けあがってきた。群衆《ぐんしゅう》が波うちはじめた。押《お》すもの、突《つ》くもの。

笛《ふえ》が鳴った。

ぼくたちは命令どおり、各自がとなりのものの手首をつかんだ。鎖《くさり》ができあがった。団長があちこちでつかみ方を直し、しっかりと踏《ふ》んばっているように念《ねん》をおしてから、自分の持《も》ち場《ば》に走ってもどった。

疲《つか》れがいっぺんに吹《ふ》きとんだ。

ハインツの手に力がはいった。爪先立《つまさきだ》ちして向こうを見ている。

どこもかしこも興奮《こうふん》の渦《うず》だ。

ハイル、ハイルの叫《さけ》び声《ごえ》がはっきりと聞こえてきた。熱狂《ねっきょう》の波が、もうすぐそこだ。見えた。

黒い大きな車の長い列が、手をふって叫《さけ》んでいる人たちのあいだをゆっくりと進んできた。

ハーケンクロイツの紙の小旗《こばた》が何千も空中を舞《ま》っている。

騒音《そうおん》は高まるばかりだ。

ぼくの後ろで若い女の人が興奮《こうふん》のあまり泣きだした。

早くも「ハイル！　ハイル！」と叫《さけ》ぶものもいる。

先頭の車が動けなくなって止まった。

群衆《ぐんしゅう》のあいだをがっかりしたため息《いき》が流れた。

車がまた動きだした。
人々の声がうわずってきた。
「ハイル！」　いく千もの「ハイル！」　いく万もの「ハイル！」
一大音響《いちだいおんきょう》となって荒《あ》れ狂《くる》っている。
一台の大きな黒い車が広場にすべりこんだ。
鎖《くさり》が切れた。
群衆《ぐんしゅう》が広場のまんなかに向かってなだれこんだ。
「放すな！」　ハインツが叫《さけ》んだ。
ぼくの左がわが切れた。
右手はひきつっている。
ハインツが叫《さけ》ぶ。
押《お》す……
踏《ふ》む……
荒《あ》れ狂《くる》う……
「ハイル！」――「ハイル！」――「ハイル！」

ぼくがよろけた。

ハインツが引っぱりあげた。

「ハイル！」――「ハイル！」――「ハイル！」

ぼくはかかえあげられた。

ハインツの指がぼくの手首に食《く》いこむ。

「ハイル！」――「ハイル！」――「ハイル！」

痛《いた》くて悲鳴《ひめい》をあげた。

だが、ハインツは放してくれない。

ぼくがころんだ。

その上に、人、足、無数《むすう》の足……

「ハイル！」――「ハイル！」――「ハイル！」

そばにハインツがいる。

「起きろ！　立つんだ！　踏《ふ》み殺されるぞ！」

「ハイル！」――「ハイル！」――「ハイル！」

はじまったときと同様、人々の動きがふいに止まった。人のかたまりがゆっくりと解けていった。黒の制服を着た男たち*が二重の鎖《くさり》になって所定《しょてい》の位置に押《お》しかえしているのだ。

「ハイル！」――「ハイル！」広場をとよもす声。

ハインツはぼくのそばでふんばり、ぼくにかぶさって守ってくれている。

SS隊員の力でやっと人々が押しもどされた。

ぼくたちは最前列《さいぜんれつ》に立つ結果となった。

人が押《お》しかえされて、広場はすかっと空いた。

そこへ黒い車がつぎつぎに入ってきた。

「ハイル！」――「ハイル！」――いつやむともしれない、「ハイル！」――「ハイル！」

ぼくは手首をさすりながら、叫《さけ》んだ。「ハイル！」――「ハイル！」

ハインツは両腕《りょううで》をふっている。「ハイル！」――「ハイル！」

「気をつけ！」拡声器《かくせいき》からひときわ高い声がひびきわたった。

老人までが、体を固くして直立不動《ちょくりつふどう》の姿勢《しせい》をとった。

「われらが総統《そうとう》*にして帝国首相閣下《ていこくしゅしょうかっか》に報告します！」声がまわりの建物《たてもの》の壁《かべ》からはねかえってひびいた。

茶色の制服を着た背《せ》の低い男がさっと広場に進みでて、いちばん大きい車の前に行って止まり、右腕《みぎうで》をあげて挨拶《あいさつ》した。

澄《す》んだ、はっきりした声が広場にひびいた。「総統閣下《そうとうかっか》！　ここに党員《とういん》をはじめ、各組織《そしき》の団員、ならびに市民が集合したことを報告します！」

ぼくはハインツを見た。「あれ、あの人……」小声でいった。

「ぼくのお父さんだよ！」ハインツは得意満面《とくいまんめん》でいった。ぼくの方をふりむきもせずにいった。

## 募《ぼ》　金《きん》

「一人でも飢《う》えるものがあってはならない。凍《こご》えるものがあってはならない！」冬季救済事業《とうききゅうさいじぎょう》*の男が、手袋《てぶくろ》をはめた手で茶色のオーバーの襟《えり》を立てながらいった。

ぼくたちは少しでも寒さを感じないですむように、木のベンチにくっつきあってすわっていた。

男の演説《えんぜつ》はつづいた。「ドイツ帝国《ていこく》で困っているものが一人もいないように、われらが総統《そうとう》にして帝国首相《ていこくしゅしょう》アードルフ・ヒトラーは、政権《せいけん》につくや否《いな》や、ただちにドイツ国民の冬季救済《とうききゅうさい》事業《じぎょう》を興《おこ》されたのである。」男はしきりに足を踏《ふ》みかえている。

ぼくたちは両手をズボンのポケットにできるかぎり深く押《お》しこみ、ベンチで体をちぢめていた。

「一人一人の協力が大切なのだ！」男はさらに声をはりあげた。「総統《そうとう》は、大人《おとな》には金銭《きんせん》および物資《ぶっし》の供出《きょうしゅつ》を、きみたちには滅私奉公《めっしぼうこう》の街頭募金《がいとうぼきん》活動を望んでおられる。」そして、両手をにぎって息を吹《ふ》きかけた。

ハインツは耳をこすってあたためている。

「各自、募金缶《ぼきんかん》とバッジ五十個をもつ。」男はバッジを一つかかげた。「バッジ一つにつき、少なくとも、少なくともだぞ、二十ペニヒを缶《かん》に入れてもらうこと。だが、いいか。多ければ多いほど、わが総統《そうとう》はおよろこびになるのだ。」そこでちょっと口をつぐみ、じろじろとぼくたちを眺《なが》めまわした。「だれか、質問があるか？」

ふとっちょがベンチから荒々《あらあら》しく立ちあがった。「ぼく、募金《ぼきん》できません。ぼくんち、週末にかけて病気のおばあさんの見舞《みま》いに行くんです。」

冬季救済事業《とうききゅうさいじぎょう》の男は不快げな顔をした。「ふむ――、ばあさんが病気だって！――おまえのばあさんのために、おれが動員計画を台無しにすると思うのか？　それでなくても、今夜の集合人員はこれっぽっち。少ないじゃないか。」

　ふとっちょは立ったままだ。「だけど、父も母も出かけるのに、ぼく一人で家に残ること、できません！」ふとっちょは抗議《こうぎ》した。

　男は缶《かん》を一つとバッジの入った紙箱を一つ机《つくえ》の上からとると、ふとっちょの手に押《お》しつけた。「つべこべいうな！　おまえがどんなふうにやろうと、おれには関係ない。とにかく月曜日の夕方、十八時に、ここで集計だ。」

「でも、ぼくたち、あしたの朝、もう出かけるんです。」ふとっちょはいいはった。「そして、日曜日の夜でなきゃ帰ってこないんだもの。」

　冬季救済事業《とうききゆうさいじぎょう》の男は大きく息を吸《す》いこんだ。「おまえのばあさんの面倒《めんどう》をみるような暇《ひま》がおれにあると思うのか？　やめろ！　もうたくさんだ！　さあ、ここに署名《しょめい》をして、とっとと帰れ！」

　ふとっちょはしょんぼりと缶《かん》とバッジの受けとりの署名《しょめい》をした。それから、ドアのところに行って立った。かじかんだ指で缶をもっている。いまにも声をあげて泣きだしそうなようすだ。

　ぼくたちほかのものは一斉《いっせい》に机《つくえ》のまわりに駆《か》けよった。一刻《いっこく》も早く受けとって、この氷のように寒いホーム*から家のあたたかいストーブのそばに帰りたかったのだ。

ぼくがすませると、ハインツがぼくの腕《うで》をつかんだ。「待ってろ。いっしょに帰ろう!」

ぼくはなんとかしてあたたまろうと、ベンチのあいだをうろうろ歩いたり、足を踏《ふ》みかえたり、腕《うで》をたたいたりしてみた。

おそろしく長い時間のように思えた。

やっとのことで、ハインツも缶《かん》をもらった。ほとんど最後だった。ぼくたちは団長に規則《きそく》どおり退出の挨拶《あいさつ》をした。

ドアのところに、病気のおばあさんがいるふとっちょがまだ立っていた。ハインツがふとっちょを見つめた。それから「それ、ぼくによこせ!」そういって、缶《かん》と箱をとった。「ぼくがきみの代わりに集めるよ。——おばあさんによろしく。」

「これで少しは音がするだろう!」そういって、父はぼくの募金缶《ぼきんかん》に一ペニヒを五個入れてくれた。

その五ペニヒが入った缶《かん》とバッジがいっぱいつまった箱をもって、ぼくは土曜日の午後、街頭《がいとう》に立った。うちの近所で募金《ぼきん》をする勇気はまだなかった。缶と箱を上着の下にかくして、市の中心部へ走っていった。

中心部にくると、人々がショーウインドーにそって歩き、早くもクリスマスの買い物を物色《ぶっしょく》していた。

ある建物《たてもの》の入り口で、ぼくはかくしてあった缶《かん》と箱をとりだした。そして、バッジの箱をバッジがよく見えるようなぐあいにあけた。缶をためしに一度ふって音をさせてみてから、ドアの陰《かげ》で目をつむった。三つ数えて目をあけ、そこにいる大人《おとな》に声をかけるんだ、そう決めたのだ。一つ——二つ——三つ。

目の前の若い男は、すでにオーバーの左の襟《えり》にバッジを二つもつけていた。

ぼくは缶《かん》をふることもしないで、すぐにまたドアの陰《かげ》に入りこんだ。

前をとおりすぎる人の、少なくとも三人に一人はもうバッジをつけていた。つけていない人は、たいてい近よっていく勇気も出ないような顔つきをしている。

ずっと向こうに、一人の小柄《こがら》な婦人がにこにこしながらゆっくりとこちらへやってくるのが見えた。

まだバッジをつけていない。

あの人を皮切《かわき》りにしよう、ぼくは思った。

あと十歩、あと五歩、あと三歩、——いまだ!

「冬季救済事業《とうききゆうさいじぎよう》に寄付《きふ》をお願いします。」

婦人はびっくりしてぼくを見た。声をかけた理由がわかると、表情がさっときびしくなった。そして手でさえぎるしぐさをして、「もう、したわ!」そういうなり、足早《あしばや》に立ち去った。

「でも……」ぼくは追いすがろうとしたが、人ごみにまぎれこんで消えてしまった。

それでもまだそっちの方を見つめていると、後ろでジャラジャラと缶《かん》をふる音がした。二人の募金者《ぼきんしゃ》が、近づいてくる人をはさみこむようにしている。一人は右から、一人は左からぐっとそばにつめより、声をかけられた人が募金をするまで缶をふりつづけて道をあけない。バッジはもうわたしもしない。

ぼくは絶望的《ぜつぼうてき》になった。募金《ぼきん》で五十個ものバッジを売りつくすなんて、ぼくにはとうていできやしない。ぼくの缶《かん》にお金を入れてくれる人がいるだろうか……

そのとき、後ろから肩《かた》をたたかれた。おばあさんだ。「あなた、まだバッジをもってるわね。一つちょうだい。でなきゃ、あなたたち、ここをとおしてくれないんでしょ。」

ぼくは箱をさしだした。

おばあさんは財布《さいふ》をとりだし、十ペニヒ硬貨《こうか》を二つ、缶《かん》に入れてくれた。そのうえ五ペニヒを一つ、バッジをとった箱に入れた。「これは、あなたにあげるわ!」そういって。

思いがけない親切に、あっけにとられてお礼をいうことも忘《わす》れた。

ぼくは箱に入れてくれたお金をとりだそうと、ショーウインドーの出っぱりに缶《かん》をおいた。

それはパン屋のショーウインドーだった。うずまきパンがこの店では五ペニヒで売っている。

ドーナッツも五ペニヒだ。

急におなかが空《す》いてきた。

けれども、缶《かん》はまだからっぽ同然《どうぜん》だ。

ぐっとがまんして、その五ペニヒを缶に入れた。

缶の音は高くなったが、バッジの売れゆきはよくならなかった。

ぼくは、人に声をかけようとしては、しりごみする。

ハインツに出会ったとき、箱にはまだ四十七個ものバッジが残っていた。

「きみ、あといくつ？」ぼくはたずねた。

「八つ！」

「一箱目？　それとも、二箱目？」

「これはぼくんだよ。もう一つのは、あした売るんだ。」ハインツはこたえた。

「きみ、どんなふうにするんだい？」ぼくは教えてほしかった。

「なんでもないよ。」ハインツはいった。

「そんなことないよ。ぼく、一時間半もいて、やっと三つ売っただけなんだもの。」ぼくは反《はん》論《ろん》した。

「これ、もっててごらん!」ハインツはにっこりわらって自分の缶《かん》と箱をわたし、代わりにぼくのを受けとった。そしてすぐにそこへやってきた女の人の方へ進んでいった。

女の人はもうバッジをつけていた。

ハインツはちょっとおじぎをし、顔をかがやかせてその女の人を見つめた。まるで生クリームのかかったケーキをあげるとでもいわれたように。

女の人は笑《え》顔《がお》を返して立ちどまり、財《さい》布《ふ》を出してハインツに五十ペニヒ硬《こう》貨《か》を一つ手わたした。バッジは一つとっただけ、それればかりか、ハインツにお礼までいっている。ぼくはポカンと口をあけて見ていた。おどろきだった。あまりのことに募《ぼ》金《きん》も忘《わす》れて立ちつくしていた。預《あず》かったハインツの缶《かん》をふることさえ一度もしないでいるうちに、ハインツがもどってきた。そのあいだにハインツはバッジを三つも売っていた。

「こんなぐあいにすればいいのさ!」ハインツはいった。

ぼくたちはまた缶《かん》と箱を交《こう》換《かん》した。

「きみはここにいればいい。」ハインツがいった。「ぼくは別のところに行くから。そうしないと、お客の取り合いっこになるだろ。」

ドアの前でふとっちょがハインツを待っていた。心配そうにあっちに行ったりこっちに来たりしている。「ハインツ、どうしたんだろう?」ぼくにたずねた。

ぼくは知らなかった。

今夜はホームに暖房《だんぼう》が入っていた。

冬季救済事業《とうききゅうさいじぎょう》の男は机《つくえ》の向こうがわにすわっていた。前に硬貨《こうか》の受《う》け皿《ざら》を積みあげている。ペンチで缶《かん》の封印《ふういん》を切り、針金《はりがね》を床《ゆか》に投げすて、蓋《ふた》をはがして、中身を硬貨の受け皿に空ける。男に監視《かんし》されながらその硬貨《こうか》を小さな塔《とう》に積みあげるのは、ぼくたちの役目だった。それを男が検算《けんざん》し、表のそれぞれの名前のそばに書きこむ。残ったバッジがあると、叱責《しっせき》がとんだ。

ぼくは全部売りつくしていた。缶《かん》には集めるべき額よりも三マルク二十ペニヒ多く入っていた。ぼくは満足だった。

冬季救済事業《とうききゅうさいじぎょう》の男には、満足な額ではなかった。鼻を鳴らし、勘定《かんじょう》したお金を袋《ふくろ》に入れた。

お札《さつ》は束《たば》にしてその上においた。

やっと、ふとっちょがホームに入ってきた。真剣《しんけん》な表情をしている。募金《ぼきん》の缶《かん》は脇《わき》にかかえていた。

「ん？　病気のばあさんはどうした？」冬季救済事業《とうききゅうさいじぎょう》の男がにやにやしながらいった。「ばあさんもバッジを一つ買ってくれたかい？」

「いいえ。」ふとっちょはこたえた。「水曜日にお葬式《そうしき》です。」

一瞬《いっしゅん》、ホームはしんとなった。

みんな、ふとっちょを見た。

ふとっちょは男に缶《かん》をさしだした。

「うん、なかなかよく集めたな。」男は缶を空けながらいった。

ふとっちょはだまっていた。

「結局のところ、そういうことじゃないか？」男は立ちあがった。「おまえが募金《ぼきん》に出ていなかったとしても、ばあさんは死んだにちがいない。強くなるってことを学ぶんだな、われわれの総統《そうとう》が望んでおられるように。」

「これ！　まだあります。ぼくの缶《かん》です！」ハインツが大声でさえぎり、どんと音を立てて机《つくえ》の上に缶をおいた。

演説《えんぜつ》の腰《こし》を折《お》られて、男は戸《と》惑《まど》った。もう一度すわりなおして、最後の缶を空けた。

ふとっちょが硬貨《こうか》の塔《とう》を積みあげているあいだ、口をきくものは一人もいなかった。

冬季救済事業《とうききゅうさいじぎょう》の男は自分の席にすわったまま、むっつりとしている。

ぼくたちの団長がふとっちょの後ろにきて立ち、肩《かた》に手をかけた。

ぼくたちはだまってあちこちにすわり、最終結果を待った。

やっと、終わった。

団長が表《ひょう》の募《ぼ》金成績《きんせいせき》を読みあげた。冬季救済事業《とうききゅうさいじぎょう》の男はごそごそと手まわり品《ひん》を片《かた》づけている。団長はみんなの注意を引こうと、反対の順序で読みはじめた。最もわるい成績のものからはじめて、最高のものを最後に、というわけだ。

ぼくは終わりから七番目だった。

最もよい成績だったのは、おばあさんを亡《な》くしたふとっちょだった。

# 一九三五年〔十歳《さい》〕

## 祭《さい》典《てん》

「さあ、これでザールラント*のことは十分《じゅうぶん》話した。」先生はいった。「これ以上は、いまのところ、ぼくも知らない。」

ぼくたちは上体をおこして、椅子《いす》の背《せ》にもたれた。

先生はゆっくりとポケットからパイプをとりだした。「だけど、時間はまだあるな。」考えにしずみながら火皿《ひざら》にたばこをつめ、火をつけた。

「あと十五分。」教室の後ろの方でささやくような声がした。

たばこをふかしながら、先生はいちばん前の列の生徒の机《つくえ》に腰《こし》をかけ、一同を見まわした。ほとんど全員が茶色の開襟《かいきん》シャツを着ていた。三、四人だけ、日曜日の服だ。

「こういうみんなを見ていると、ちょっと話してみたくなるよ。」先生はそう口をきった。

ぼくたちは興味しんしん、先生を見つめた。

しばらくのあいだ、教室はしんとしていた。

先生は二口《ふたくち》、三口《みくち》、たばこを吸《す》ってから、はじめた。「ぼくのおやじはこの街《まち》の小さな仕立《したて》屋《や》だった。稼《かせ》ぎはやっと家族が養えるほど。だが、おやじはぼくを上の学校にやってくれた。ぼくがおやじよりいい生活を送れるようにと、願っていたんだな。――ぼくはおやじに心配をかけてばかりだった。ぼくのために出した学資《がくし》は浪費《ろうひ》ではないかと思われるようなことを度々《たびたび》やらかした。もっとも、そう思うのはいまになってのことで、あのころは、まだ、なんにもわかってはいなかったが……」

教室はなんのもの音もしなかった。みんな身動きもせずに、耳をかたむけていた。

先生はマッチの火をパイプに近づけた。たばこがまたくゆりはじめると、ことばをついだ。

「仕立屋《したてや》として、おやじは布のことをとてもよく知っていた。あるとき、ぼくに、背広《せびろ》はいつでもイギリス製《せい》のいちばん上等の布でこしらえろよ、といった。その忠告《ちゅうこく》を、ぼくはいままでずっと守ってきた。」

先生は机《つくえ》から立ちあがった。そしてゆっくりとした大股《おおまた》で、列のあいだを行ったり来たりしはじめた。

ぼくたちは先生の動きを目で追った。音を立てて先生が話から気をそらせることのないよう、細心《さいしん》の注意をしながら。

「教師の給料でそれをするのはやさしいことではなかった。けれども、ぼくはそうしてきたことを後悔《こうかい》していない。これからも、つづけられるかぎり、そうしようと思う――おやじのためにも、だ。――うん。――で、きみたちが着ているその茶色の布だが、――そういうのはイギリスでは作っていないな。」先生はパイプの灰《はい》を植木鉢《うえきばち》にたたいておとした。ぼくたちに背《せ》を向けて、それをした。

ぼくたちは先生がまたこちらに向くまで、しんぼうづよく待った。

「今日の話はそれだけだ！」先生はパイプをしまった。「起立《きりつ》！」そして、腕《うで》をあげて「ハイル　ヒトラー！　少年たち！」と挨拶《あいさつ》した。それから、「もう校庭におりていいよ。まもなくベルが鳴るから！」と手で合図《あいず》をして、出ていった。

ぼくたちは教室からとびだした。

先生のそばをとおりすぎようとしたとき、肩《かた》をつかまれた。「そうだ、忘《わす》れないうちに。きみ、校長のところへ行って、伝えてくれないか。残念ながら祭典《さいてん》に出席できません、個人的な理由で、差《さ》し支《つか》えがあるものですから、とね。」

校庭に着くか着かないうちに、ベルが鳴った。

校庭のまんなかにある旗《はた》のポール、そばのみすぼらしい木の倍もの高さでそびえ立っているポールに、ハーケンクロイツの旗がだらりとさがっていた。

ぐるりの地面に用務員がまだチョークで四角を書いている。各クラスが立つべき枠《わく》だ。そこへ、早くも校長がドアを開けて出てきた。

その背後《はいご》から、生徒があふれでた。みんな決められた場所に走って、整列した。茶色の開襟《かいきん》シャツ着用者が前にならび、そうでないものはその後ろにかくれた。各クラス、三、四人、そういう生徒がいた。

となりのクラスでは、たった一人、ギュンターが緑の服で茶色の統一を破っていた。

ぼくたちは直立不動《ちょくりつふどう》の姿勢《しせい》で整列した。報告がなされ、そして祭典《さいてん》がはじまった。

校長が出っぱったおなかを覆《おお》っている茶色の上着をピンと伸ばした。「諸君《しょくん》！」演説《えんぜつ》がはじまった。「本日、諸君に集合をかけたのは、ある実に感慨《かんがい》ぶかい出来事《できごと》があったからである。諸君もすでにラジオで聞いたり新聞で読んだりしただろうが、ザールラントがわが祖国《そこく》ドイツに還《かえ》ってきた。ザール地方は、あの屈辱的《くつじょくてき》なヴェルサイユ平和条約《へいわじょうやく》*によってドイツ帝国《ていこく》から切り離《はな》されていた。悪辣《あくらつ》きわまりない宿敵《しゅくてき》フランスがもぎとり、自分のものにしようとしたのだ。しかしながら、ザールのドイツ人は自分たちがどちらに属《ぞく》するものであるかをフランス人に示したのである。かれらは、ザールは昔からドイツであり、現在もドイツであり、今後もドイツであることを盗人《ぬすびと》たちにはっきりさせるまでがんばった。ザールの住民、百人につき九十一人もの圧倒的《あっとうてき》多数《すう》が、ザールはドイツに返還《へんかん》されるべきだと望んだ。ザールの人たちは、ドイツ帝国に、自分たちの故郷《こきょう》に帰りたいと望んだのだ！」

たいくつして空を見つめているものが多かった。

校長の後ろにならんでいた教師のうち、茶色の服装をしているものは、はじめは気のなさそうなようすの生徒を一人一人にらみつけていた。けれども演説《えんぜつ》が長引《ながび》くにつれて、全員がだれてきた。

「さて、これは一体だれのお蔭《かげ》だろうか？」校長はそう質問して、最前列《さいぜんれつ》の生徒をじろじろと見た。「敬愛《けいあい》すべきわれらが総統《そうとう》、アードルフ・ヒトラー以外のだれでもない。総統こそ、われわれをあの屈辱的《くつじょくてき》なヴェルサイユ条約《じょうやく》の鎖《くさり》からときはなしてくださる方だ。その第一歩がなされた。これにつづく第二、第三があることを、諸君《しょくん》は確信《かくしん》してよいのだ！」

後ろのほうの、校長の視線《しせん》のとどかないあたりで私語《しご》がはじまった。教師まで小声で話しあい、校長の後ろでにやにやしている。

校長はさらにつづけた。「その偉大《いだい》なる総統《そうとう》にたいして、なんとわれわれは感謝の念《ねん》に乏《とぼ》しいことか。それを思うと、私は遺憾《いかん》でならない。総統はわがドイツ帝国《ていこく》にふたたび真《しん》の名声《めいせい》をもたらし、すばらしい強大な国家をうちたてようとされておる。私は、私のまわりが茶色の開《かい》襟《きん》シャツ着用者のみになったとき、すなわち総統に歯向《はむ》かうものが根絶《ねだ》やしにされたとき、はじめて真のよろこびを感じるだろう！」校長はギュンターのクラスを指《ゆび》さした。「われわれのあの超偉大《ちょういだい》なる総統のもとに馳《は》せ参《さん》じようとしないたった一人の不心得《ふこころえ》ものがいるために、このクラスの統一感《とういっかん》がいかに損《そこ》なわれているか。これはわが校の恥《はじ》である。総統に無条件の信頼《しんらい》をよせ、ドイツ少年団、またはヒトラー・ユーゲントに入団しない少年がいまだにわが校にいることを思うとき、私は恥《は》ずかしくてならない。恥ずかしくてならないのだ！」校長はうわずった声で叫《さけ》んだ。

ギュンターはクラスの最後尾《さいこうび》でうなだれ、じっと地面を見つめていた。

まわりの生徒がギュンターから少し身をはなしたのがわかった。

他のクラスでも、急にみんながまだ日曜日の服装《ふくそう》でいるものから距離《きょり》をとった。

そのあと校長は、今日は宿題も、あとの授業も休みにすると宣言《せんげん》した。

『ドイツ国歌』と『旗《はた》をかかげて』をうたい、祭典《さいてん》は終わった。

午後が休みになったのがうれしくて、ぼくたちは一目散《いちもくさん》に駆《か》けて帰った。

ギュンターは一人で帰っていった。

担任《たんにん》の先生からたのまれていた校長への言伝《ことづて》を、ぼくは忘れてしまっていた。

## 本

ぼくたちは階段《かいだん》で待った。すわりこむもの、立っているもの。

ぼくは本のページをめくりながら、挿絵《さしえ》をまわりのものに見せていた。これからみんなで聞くことになっている話の絵だ。

上のドアのところで、ハインツが交渉《こうしょう》していた。「今日は水曜日でしょう。日程表《にっていひょう》に、今日は《ホームの夕べ》とちゃんと出ています。ぼくたち、朗読会《ろうどくかい》をする予定なんです。——だから、入れてください！」

しかし、第一少年団の新しい分団長《ぶんだんちょう》は頑《がん》として聞きいれない。「《ドイツ少女同盟《どうめい》》の分団長＊と大事な相談があるんだ。」そういうばかりだ。「そのためにあの部屋が要《い》る。どうしてもホームの夕べをしたいんなら、向こうへ行けばいいだろ。あそこにはまだ部屋があるよ。」

ハインツはいいはった。「あっちは第二少年団のホームです。ぼくたちは入れてもらえません。ここがぼくたちのホームなんだから。」

新しい分団長はふきげんにこたえた。「だめだ。ここを空けることはだめだ。きみの班は戸《こ》外《がい》活動にでも変更《へんこう》しろ！」

ハインツはきっぱりといった。「このお天気で、外でなにができるんですか？」

分団長はいらいらして、いいかえした。「なら司《し》祭会館《さいかいかん》へ行って、新ドイツ青年団*のやつらにちょっかいでもかけてきたらどうだ？」

「なんのためにですか？　もう少しましなことは考えられないんですか！」ハインツがきっとなっていった。

「おれに向かって、なんて口をきくんだ！」分団長がどなった。「やめろ！　おれにはこんなところでおまえとぺちゃくちゃやってる暇《ひま》もなければ興味もない。おれたちの総統《そうとう》が望んでおられるようなりっぱな若ものであることを証明《しょうめい》してこい！　国防軍《こくぼうぐん》の兵士《へいし》であることを示してみろ！」

「ぼくたちはピンプです。兵隊《へいたい》じゃありません！」ハインツは反論《はんろん》した。

「おくびょうものさ、おまえたちは！」分団長は怒《おこ》った。「いいか、よく聞け。職務命令《しょくむめいれい》だぞ！　おまえは自分の班を引率《いんそつ》してただちに司《し》祭会館《さいかいかん》へ行く。そこでカトリックのやつらをそそのかして、襲撃《しゅうげき》をしかけてくるようにもちこむ。わかったか！　命令が遂行《すいこう》されたかどうか、あとで調査する。帰れ！」

そして、ぼくたちのホームのドアをパタン！と閉《し》めた。なかで少女同盟《どうめい》の分団長がくすくすわらっているのが聞こえた。

「本をかたづけろ！」ハインツはおりてくると、いった。

「ちぇっ！　そんならぼくたち市電の待合室《まちあいしつ》に行って、そこで読むことにしようや。」一人が提案《ていあん》した。

ハインツは首を横にふった。「きみたちも聞いただろ。」そして、分団長の声をまねていった。

「命令が遂行《すいこう》されたかどうか、あとで調査する！」

「殴《なぐ》られるのはぼくたちだものな。あいつじゃないんだ。」一人がぼそっといった。

外はこまかい雨だった。通りには水たまりがいくつもできている。人どおりは少なく、みんな建物《たてもの》の壁《かべ》に身をすりよせるようにして先をいそいでいた。

ぼくたちはトゥルム通りを一列縦隊《いちれつじゅうたい》になって進んだ。ぬれないように、少しでもひさしが出ているところはそこに入って、ただ前のもののあとをのろのろとついていった。

ぼくは上着の脇《わき》に本をはさみ、黙《だま》ってハインツのそばを歩いていった。トゥルム広場にくると、狭《せま》いけれども雨がかからない屋根のある片隅《かたすみ》にくっつきあって立った。そして、まず計画を練《ね》った。

それから、ハインツがぼくから本をとり、ぼくを偵察《ていさつ》に出した。

司祭会館《しさいかいかん》は教会の向かいにあった。道路には直接面《めん》していない裏《うら》がわの建物《たてもの》で、アーケードをくぐりぬけないとその前に立つことはできない。

ぼくがトゥルム広場を横切《よこぎ》り、そのアーケードの前に行くと、ギュンターがいた。ゴムのコートのポケットに両手を深くつっこみ、帽子《ぼうし》を耳の下まで引っぱってかぶって、アーケードの前をうろうろしている。ギュンターはぼくにうなずいてみせた。そしてぼくがアーケードを入っていくのを見ると、おどろいて見つめた。

アーチ形のアーケードを行くぼくの足音がにぶい響《ひび》きをたてた。だれにも呼《よ》びとめられず、とがめられもしないで、ぼくは司祭会館《しさいかいかん》の前庭《まえにわ》に立った。

番人とか見張《みは》りの類《たぐい》は一人もおいていないらしい。

だが、司祭会館《しさいかいかん》には大勢《おおぜい》の少年がいることはまちがいなかった。というのは、窓《まど》という窓の把手《とって》にレインコートがかけてあるのだ。窓ぎわの椅子《いす》に少年が一人すわっているのも見えた。

これだけ見届《みとど》ければ十分《じゅうぶん》だ！

ぼくは広場にとってかえした。

アーケードの前に、まだギュンターが立っていた。

ぼくは仲間を手招《てまね》いた。

仲間が一人ずつばらばらに用心ぶかく広場を横切《よこぎ》ってアーケードのそばに走りより、ぼくのまわりに集まるのを、ギュンターはじっと見ていた。

広場はがらんとしていた。たった一人、年とった女の人がいっぱいつめこんだ買いもの袋《ぶくろ》を重そうにさげて家路《いえじ》をいそいでいく。

ギュンターはそれを見ると、とんでいって袋《ふくろ》をもってあげた。

ハインツがしんがりをつとめてアーケードの前に合流《ごうりゅう》し、ぼくに本を返した。そして、不承《ふしょう》ぶしょうといった調子の声で、ぼくたちを司祭会館《しさいかいかん》に向かって聖歌隊《せいかたい》のように並《なら》ばせた。そっと、号令をかけた。「一、二、三！」

ぼくたちは声をはりあげてののしった。

窓をあけろ！　ドアをあけろ！

だれだ　ちょこまか　走るのは
顔も洗わず　髪もとかさず
シャツの印は　ＰＸ＊

先はもうつづかなかった。
「壁《かべ》ぎわによれ！」ハインツがどなった。
あっというまの襲撃《しゅうげき》だった。
通りへの道も、庭への道もすでに断《た》たれていた！
完全に包囲《ほうい》されて、拳固《げんこ》が雨あられと飛んできた。
もうなにも見えない。
ポカッ、ポカッと殴《なぐ》られる音が聞こえるだけだ。
荒《あら》い息！
うめき！
殴《なぐ》られている、それがわかるだけだ。
ぼくも殴った。蹴《け》った……

仕返しの鉄拳《てっけん》がとんでくる。

やがて、はじまったのとおなじように、ふいにやんだ。

鼻血《はなぢ》を出しているもの。瘤《こぶ》をなでているもの。片足《かたあし》を引きずっているもの。泥《どろ》んこの水たまりに倒《たお》れて、泣いているものまでいる。

ハインツの顔には、額《ひたい》から顎《あご》にかけて斜《なな》めに一本、引っかき傷《きず》ができていた。そのハインツは、両手を突《つ》き出してアーケードをまさぐり眼鏡《めがね》をさがしている少年を支《ささ》えてやっている。

ぼくは髪《かみ》の毛がごそっと抜《ぬ》け、あばら骨《ぼね》の一本一本が痛んだ。

「みんな、来いっ！」ハインツが声を抑《おさ》えていった。「帰ろう！」

「あの新分団長《しんぶんだんちょう》がいっしょだとよかったのに！」一人がいった。「そしたら、一発くれてやったんだがなあ！」

ぼくはもう一度ふりかえってみた。

アーケードの下にギュンターが立っていた。ゴムのコートがビリッと裂《さ》けている。

さっきはなかった破れだ。

アーケードの下の道に、朗読《ろうどく》するはずだった本が落ちていた。ぼろぼろになって落ちていた。

# ユダヤ人

ほかの団員たちは音をたてて階段《かいだん》をおりていった。

ハインツがぼくにホームのあとかたづけをするよういいつけておいて、自分も帰っていった。

ぼくは倒《たお》れた椅子《いす》をおこし、寄《よ》せられていた机《つくえ》をもとの位置にもどし、いっぱいに書かれた黒板を拭《ふ》き、ちらかった紙くずをはきあつめてから、一人で帰路《きろ》についた。

外は暗くなりはじめていて、明かりをつけている店《みせ》が多かった。

明るいショーウインドーと暗いショーウインドーがならぶ通りをあちこちのぞきながらぶらぶら歩いていると、クラン通りの方からなにか騒《さわ》いでいるもの音が聞こえてきた。近づくにつれて、もの音ははっきりしてきた。

少年たちの声だった。歓声《かんせい》をあげたり口笛《くちぶえ》を吹《ふ》いたり、叫《さけ》んだり笑《わら》ったり、ときには歌声のように声を合わせて叫んでいる。

角《かど》までくると、見えた。

向こうで騒《さわ》いでいるのは、ぼくの班*の団員だった。車道のまんなかで輪になって、わいわいいいながら騒《さわ》いでいる。夕暮《ゆうぐ》れのなかで、かれらの制服がほとんど黒に見えた。顔が街灯《がいとう》の光の輪に入ると、黄色をおびた緑に浮《う》きあがる。騒ぎはだれか一人に向けてなされているようだった。

かれらの輪のまんなかに、だれかが立っていた。罵声《ばせい》を浴《あ》びせられて立っていた。

「きったねえユダヤ人！」声が通りの家の壁《かべ》にはねかえってひびきわたった。

「きったねえユダヤ人！」

ずっと離《はな》れて、ドアのかげや窓《まど》から、大人《おとな》が見ていた。みんな、ただ傍観《ぼうかん》している。

ぼくは近よっていった。

「くっせえユダヤ人！」輪の一人がまたののしりだした。

ただちに、全員が声をそろえてはやしたてた。「くっせえユダヤ人！　くっせえユダヤ人！

……」

みんなに囲まれて、一人の少年が両手を顔の前に突きだしていた。制服は着ていない。黒っぽい上着だ。髪《かみ》は……

あの上着、あの髪の毛は知っている。フリードリヒだ！

ぼくたちのアパートの、フリードリヒだ！

いじめ連中《れんちゅう》の一人がフリードリヒをこづいた。

フリードリヒはよろけ、倒《たお》れそうになったが、ふみとどまった。

だれかが蹴《け》る。

フリードリヒはあきらめきったようすで、されるままになっていた。ほとんど身動きもせず、両手で顔をおおっている。

ぼくはそっとあともどりし、一軒《けん》の家の入り口にかくれこんだ。

「きったねえユダヤ人！　くっせえユダヤ人！」みんなの、ののしる声が聞こえる。

フリードリヒは肩《かた》をすぼめて、じっと耐《た》えていた。

連中《れんちゅう》の一人がぼくを見つけた。「来いよ！」叫《さけ》んだ。

「ユダヤのブタ野郎《やろう》！」一人がまた新しいはやし言葉を発した。

みんなが、すぐに声を合わせた。「ユダヤのブタ野郎！　ユダヤのブタ野郎！……」

一人がとんできてぼくの腕《うで》をつかみ、輪の方へ引きずりこもうとした。「やれよ、いっしょに！」ぼくをけしかけた。

ぼくはけんめいに逆らった。「ハインツは？　ハインツはどこにいるんだい？」ぼくはたずねた。

「だいじょうぶだ。ハインツは帰ったよ。やれったら、おまえも！」ぼくを安心させるつもりらしい。

「やめろよ。放してやれよ。」ぼくはフリードリヒの方にあごをしゃくって、小声《こごえ》でいった。けしかけていた少年は立ちどまった。ぼくを頭のてっぺんから爪先《つまさき》までじろじろと見た。それから、ペッとぼくの前に唾《つば》を吐《は》いて、あざけった。「帰れ！　お母ちゃんのとこへ帰れ！」

それからばかにしたようにくるりと輪の方に向きを変えて、またどなった。「ユダヤのブタ野《や》郎《ろう》！　ユダヤのブタ野郎！……」

ぼくはいそいであとずさりし、また近くの家の入り口のかげにかくれた。

「なんて卑怯《ひきょう》なんだ、きみたち！」ふいに、クラン通りいっぱいに大声がひびきわたった。ギュンターだ！　ギュンターは拳《こぶし》をふりあげてやみくもにふりおろしながら輪のなかにとびこみ、フリードリヒのそばに仁王立《におうだ》ちになった。

まわりの全員が急に口をつぐんだ。みんなあっけにとられて輪のなかの二人目の人間を見つめている。

「卑怯《ひきょう》な弱虫《よわむし》め！」ギュンターは一同にどなった。

それがみんなの怒《いか》りをかきたてた。みんなは拳《こぶし》をにぎった。

ギュンターはかまわず罵倒《ばとう》しつづけた。「なんてつまらんやつらなんだ、きみたちは！」

みんなはじりじりとギュンターにつめよった。

フリードリヒはまだ顔をあげる勇気もない。

「ろくでなし！」ギュンターの声が甲高《かんだか》くなった。

ギュンターをとりまく輪が、一歩一歩ちぢまっていった。

一人がギュンターの腕《うで》につかみかかった。

ギュンターはまだ叫《さけ》びつづけている。

と、一人の老人が近寄《ちかよ》ってきて、争っている少年たちにおだやかに声をかけた。「きみたち、恥《は》ずかしくないのかい？」そして、制服の少年を一人一人じっと見つめた。

みんなはどうすればいいかわからなくて、体を固くして立ちつくした。

老人はギュンターとフリードリヒの肩《かた》に両手をかけて引きよせた。そして二人を輪のなかからつれだした。それからふりかえって、みんなに命令した。「さあ、きみたちは家に帰りなさい！」

# 一九三六年〔十一歳《さい》〕

## 小《こ》箱《ばこ》

午前中から待っている人も大勢《おおぜい》いた。

ぼくたちドイツ少年団とヒトラー・ユーゲントに入っているものは制服姿《せいふくすがた》で行った。だれもかれも、今日はその場にいたかった。

ギュンターも来た。両手を上着のポケットにつっこみ、ちょっと離《はな》れて立っている。

向こうがわを見てみたが、向こうもこちらと同じ、待っている人でびっしりだった。

刻一刻《こくいっこく》、人がふえてくる。まもなく人の群れは道のまんなかをはさんで、幾列《いくれつ》もの長い帯《おび》となった。

来た！

人の群れが動きだした。

何時間も立ちつくしていちばん前の列を確保《かくほ》していた人たちの多くが、あっというまに後方《こうほう》に押《お》しやられ、人の背《せ》からなる壁《かべ》と橋の手すりに挟《はさ》まれた。

ギュンターはそのはずみでぼくたちのすぐとなりに押《お》しよせられた。だがぼくたちには目もくれず、一心《いっしん》に向こうを見つめている。行進がやってくるはずの向こうを。――まだだ。まだ来ない！

けれども、待ちくたびれてたいくつしたようすの人間は一人もいなかった。みんな有頂天《うちょうてん》だった。

「やっと――やっとまた、ラインラントにドイツの軍隊だ！」*後ろの方でだれかが感激《かんげき》していった。「そうだとも、ドイツの軍隊だ！」大勢《おおぜい》が相槌《あいづち》を打った。

そこへ、突然《とつぜん》、やってきた！

先頭は馬にまたがった大尉《たいい》だった。鉄かぶとをかぶり、灰色《はいいろ》の軍服に花を挿《さ》している。馬も馬具《ばぐ》に花をつけてもらっている。大尉はにこやかに八方《はっぽう》に手をふった。そのあとを、兵隊たちが顔を輝《かがや》かせ笑顔《えがお》をふりまいてやってきた。

どこからもってきてあったのかぼくたちはぜんぜん気づかなかったのだが、ふいに花が現れた。幼い女の子たちが、スノードロップ、スミレ、ヒナギクなどの小さな花束をいっぱいつめたせんたくかごをさしだしている。

兵隊たちはわれさきにと取った。断るものは一人もいない。花の雨が兵隊たちに降りそそいだ。少女や若い女の人が列をかいくぐって走りまわり、行進する同胞《どうほう》の軍服に花束をくっつけている。

ほとんどの兵隊が、ボタン穴《あな》もベルトももう花づくしだ。

と、一人の老婦人がたばこの小箱《こばこ》をいっぱい入れた買いもの袋《ぶくろ》をハインツの手に押《お》しつけた。

「投げてちょうだい、あなたたち。さあ、投げてあげて!」老婦人はぼくたちにいった。「これ、わたしたちの兵隊さんにあげるのよ!」そして自分でも片手《かたて》でひとつかみし、だれかれかまわず兵隊たちにわたしはじめた。

ギュンターのそばにいたおさげの少女は、花束のかごをギュンターにさしだして一人ずつ指さした。ギュンターは指名《しめい》どおりの兵に向けて投げた。一回一回、見事《みごと》に命中した。どの花束も受取人《うけとりにん》をたがえず、飛んでいった。

ハインツとぼくはわたされたたばこを隊列の奥にまで届かせようと試みた。外がわの列の兵だけにわたすのは不公平だ。

一等兵《いっとうへい》が一人、手を出した。

ぼくが投げた。

それた！

たばこは地面に落ちた。

一等兵がかがんで取るより早く、贈《おく》り物《もの》は後ろの兵の鋲《びょう》を打った軍靴《ぐんか》に踏《ふ》みつけられていた。

ハインツはもっと上手《じょうず》に投げようとした。けれども、たばこの小箱《こばこ》は車道を越《こ》えて向こうがわまで飛び、歓迎《かんげい》の人のなかに落ちた。

ぼくたちは上手に投げようとけんめいになった。

だめだった！

五つ目か六つ目の箱が、狙《ねら》ってもない兵隊の目に当たった。

それにひきかえギュンターはこともなげに花束を投げ、そのつど、手を受けて待っている兵隊にピタリ命中させていた。

「花を投げるほうがずっとむずかしいのになあ。」ハインツが嘆《なげ》いた。

「あいつ、訓練《くんれん》ずみなんだ！」だれかがいった。

「とにかく、うまいもんだ。」ハインツは認《みと》めざるをえないという調子でいった。その声に、ちょっとくやしそうな響《ひび》きがあった。

ぼくたちは途方《とほう》にくれてしばらくつっ立っていた。そしてまた投げようとしたとき、ハインツがいった。「たばこがもったいない！」そして、決心したようにたばこの入った買いもの袋《ぶくろ》をもってギュンターのところへ駆《か》けていった。「きみ、これ投げてくれ！　きみのほうがうまいから！」

ギュンターは黙《だま》ってうなずき、花とたばこを代《か》わる代《が》わる兵隊たちに投げた。

ハインツとおさげの少女は袋《ふくろ》とかごをギュンターのほうにさしだして、立っていた。

## 予選

だれもかれも一人残らず、オリンピック熱に浮《う》かされていた。どこへ行っても、オリンピックの話でもちきりだった。それまでスポーツには関心のなかったものまで、突然《とつぜん》、ハンマー投げや走り幅跳《はばと》びや百メートル競走の成績を話題にした。競技規則《きょうぎきそく》はむろんのこと、世界チャンピオンやドイツのチャンピオンの名前も熟知《じゅくち》していた。

それに呼応《こおう》して、市は少年のスポーツ大祭典《だいさいてん》を企画《きかく》した。各学校から最も優秀《ゆうしゅう》な生徒だけが参加できる祭典だ。勝利者には名誉《めいよ》ある賞が待っていた。

三週間ほどの練習期間があたえられたのち、ぼくたちの学校からの出場者が決められることになった。功名心《こうみょうしん》があおられ、一人一人、みんなが参加したがった。朝練習し、昼練習し、夜練習し、登校の路上で練習し、教室で練習し、休憩《きゅうけい》時間に練習し、帰り道で練習し、家で練習し、道で練習し、寝《ね》るまえに練習し、……

とうてい出られそうもないとわかっているものまで、練習した。

そうではないぼくたちは、もしかしたら最終予選まで残れるかもしれないという、かすかな希望をもって練習した。

何人かの生徒については、多分ぼくたちの学校の代表となって出場するにちがいないと、みんなが見当《けんとう》をつけていた。ハインツもギュンターも、そのなかに入っていた。

ハインツは鉄棒体操《てつぼうたいそう》で全校の最優秀《さいゆうしゅう》の一人に数えられていた。

ギュンターはぼくの年齢《ねんれい》の生徒中、もっとも速く走れた。

ついに予選の日が来た。快晴だ！　雲一つない空から太陽がさんさんと降りそそいでいた。

学校はまるでお祭のようにかざりたてられていた。用務員が月桂樹《げっけいじゅ》の植わった木製《もくせい》の大きな植木鉢《うえきばち》を校門に引きずっていき、それにハーケンクロイツの旗《はた》を結びつけた。

校庭には競走用の線が引かれ、そのまわりに競技に必要なすべての用具がおかれていた。鉄棒も、地面に固定された丸太《まるた》と丸太の間にわたして結びつけられていた。校庭はちょっとしたスポーツ競技場に早変《はやが》わりしていた。そこへ、ぼくたちはクラス単位《たんい》で入場した。

まず校長が演説《えんぜつ》をした。ギリシャのオリンピック競技の話にはじまり、市のスポーツの祭典《さいてん》へ向けての予選の話で終わった。

つづいて体育の教師が競技についての説明をした。

そんなことはもう知りつくしていたので、ぼくたちはほとんど聞いていなかった。競技開始をいまかいまかと待っていた。

そこへ体育の教師のことばが飛んだ。「いうまでもないことだが、最終勝者はドイツ少年団かヒトラー・ユーゲントに属《ぞく》し、その制服をもっているものに限る。服装《ふくそう》を統一《とういつ》する意味においてだけでも、これは必須《ひっす》の条件《じょうけん》とせざるをえない。われわれの学校の代表が入場行進においてまちまちな色の服装で現れれば、人々の目にどう映るか？――いや、だめだ！　われわれは茶色の開襟《かいきん》シャツに統一されていなければならない！――貧しい、しかし名誉《めいよ》あるピンプやヒトラー・ユーゲントには、寄付金《きふきん》からできうる限りの額《がく》を支給《しきゅう》する用意がある。該当者《がいとうしゃ》は予選終了後、校長先生に申し出ること。」

ギュンターはもう最初から予選競技に参加しなかった。そして、鉄棒《てつぼう》の助手に配属《はいぞく》された。

すべての器具、すべての場所で、競技がいっせいにはじまった。

まず、全校一の競技者として、ハインツが鉄棒《てつぼう》の模範演技《もはんえんぎ》を行なった。
体育の教師がそばに立って見ていた。
ハインツは申し分のない動きで逆《さか》あがりをやってのけた。
教師は満足げにうなずいた。
ハインツは回転に移った。これも軽々《かるがる》とできた。
しかし、鉄棒《てつぼう》が少しゆれた。
ハインツは演技《えんぎ》をつづけた。
鉄棒《てつぼう》が固定装置《こていそうち》のところでぐらぐらしはじめた。
ハインツは気づいていない。
体育の教師がゆるんだワイヤロープを足で押《お》さえた。
ハインツがもう一度はずみをつけてまわった。
固定装置《こていそうち》がずれて、ワイヤロープがとけた。
鉄棒《てつぼう》がぐらりとした。
ギュンターがとびだした。
ハインツの両足がギュンターの顔を蹴《け》った。

ギュンターはハインツの両脚《りょうあし》をつかみ、しっかりと抱《だ》きこんだ。

ハインツはゆらぐ鉄棒《てつぼう》にだらりとぶらさがった。

それを見届《みとど》けて、ギュンターはハインツを放した。鼻血《はなぢ》が吹《ふ》きでていた。ギュンターはさっと教室へ駆《か》けていった。

体育の教師がやっとショックから立ちなおって、いった。

「よかったなあ、ハインツ。」

「もしギュンターがいなかったら……。残念だな、あいつがぼくたちといっしょじゃないなんて！」

## 新入団員

集合場所には氷のような風が吹《ふ》いていた。風は、まわりの家々の煙突《えんとつ》から出る煙《けむり》を灰色《はいいろ》のちぎれ雲にして飛ばしていた。窓《まど》に、あちこち、まだ氷の花模様《はなもよう》が見られた。

どうしても用のあるものだけが、ぶくぶくに着ぶくれて歩いていた。そうでないものは、みな家にこもっていた。

ぼくたちは風をよけて広場の端《はし》っこにある鉱泉小屋《こうせんごや》のそばにかたまっていた。全員、オーバ＊ーは着ていない。手袋《てぶくろ》は一人だけはめていた。耳も鼻《はな》も、寒さで痛い。かじかんだ、まっ赤になった手は拳固《げんこ》にかため、足は絶えず踏《ふ》みかえて動かした。

広場の反対がわの端《はし》に、もう一組、ぶあついオーバーにくるまった少年の一団がいた。手をぐっとポケットにつっこみ、帽子《ぼうし》をまぶかにかぶって耳を被《おお》っている。ときどき、輪になって走りまわっていた。

「あの子たち、なんのグループだい？」一人がそちらを指《ゆび》さしてたずねた。

だれもこたえない。

「来なくてもいいんだったら、ぼくなら、こんなとこにばかみたいにつっ立ってやしないけどな！」別の一人がいった。

オーバーを着たグループが、全員さっとこちらを見た。少年が五人だった。一人は見るだけでなく、ぼくたちの方を指さしている。

「なんだ、あいつら？」手袋《てぶくろ》をした子が文句《もんく》をいいはじめた。「けんかでもしようってのかな？」

ふとっちょが耳をこすりこすりいった。「おっ、いいぞ！　そうすりゃあ、あったまるぜ。」

けれども、ほかの子たちはのってこなかった。殴《なぐ》りあいをするにしても、これでは寒すぎる。ぼくはちょっと体を動かしたくなって、いった。「まだ来ないか、行って見てくるよ。」

みんなは、ただ鼻《はな》を鳴らしただけだった。

「なら、あっちのやつらも偵察《ていさつ》してこいよ!」一人がぼくにいった。ぼくは全速力で走った。

広場をぐるりと走りながら、広場に通じる道を一つ一つ見てみた。だが、ドイツ少年団のリーダーたちの姿《すがた》はどこにも見えなかった。

オーバーを着た少年たちは、ぼくの動きをながめていた。

ぼくは、どうぞ見てくれといわんばかりに、そのそばに来ると、わざとぐっと近寄《ちかよ》って走った。

五人のなかにギュンターがいた。

ぼくたちはちょっとうなずきあった。

ひとまわり走りおえて小屋のわきにもどると、みんなに報告した。「ぼくたちの仲間はいなかったよ。」

「知ってるやつらかい?」一人がたずねた。

「近所のやつらだ。ぼくの学校のギュンターもいる。だけど、みんなぼくたちの仲間じゃない！」

手袋《てぶくろ》の子がつぶやいた。「なら、ぼくたちの集合場所で、なにをしようってんだろ？」

ぼくは肩《かた》をすくめた。「わかんないな。やつら、なんにもいわなかったし。」

話がとぎれた。ぼくたちはまたくっつきあって鉱泉小屋《こうせんごや》の木の壁《かべ》にもたれ、一息一息《ひといきひといき》、吐《は》く息が白くあがるのをながめた。

寒さが増してきた。

「もうどうでもいいや。」ふとっちょがいった。「制服だってなんだってかまやしない。ズボンのポケットに手をつっこもうっと。」

ぼくたちみんなはにやりとうなずいて、ふとっちょに倣《なら》ってポケットに手をつっこんだ。

「なんだってこんなに寒い日に、こんなに長いあいだ待たせるんだろう？」手袋《てぶくろ》の子が文句《もんく》をいった。「ぼく、ひとっぱしり時計屋へ行ってみるよ。十五分過ぎてたら、ぼくはもう帰っちゃう！　時間どおり始めなくちゃだめだよ！」

手袋《てぶくろ》の子が時計屋からもどってくるより先に、団長が現れた。分団長や班長たちをお供《とも》につれている。

団長は手をこすり、にこにこしながら、集合をかけた。

ぼくたちは避難所《ひなんじょ》から出て、寒さにガタガタふるえながら整列した。

分団長や班長も列に加わった。

氷のような風に、ハインツまでが背《せ》をまるめている。

あまりの寒気《かんき》に、団長は列がまっすぐになっているかどうかを調べることもしなかったし、ズボンの縫《ぬ》い目《め》に当てたぼくたちの手がにぎったままなのを叱《しか》りもしなかった。けれどもふるえているぼくたちに点呼《てんこ》をかけると、けげんな顔でたずねた。「これで全員なのか？——ほかのやつらは寒さにおびえたな！」そして、つづけていった。「ドイツ少年団の任務《にんむ》は義務だということを、いまだに理解していないものがいる。学校に行くのと同様、これは義務なんだ。来なかったやつらに、そう伝えろ。むろん、こちらもちゃんと手は打つ。警官《けいかん》に連絡《れんらく》して、任務につかせるようにする！」

ぼくたちはもごもごと「わかりました！」といった。寒くて口をはっきり開けることすらできないのだ。

団長は黙《だま》ったままぼくたちをながめまわした。そして、いった。「つまり、新入りの団員は一人も来なかったってわけだな？」

おどろいてぼくたちは顔を見合わせた。新入りの団員？　そんなことは、ぜんぜん聞いていなかった！

分団長や班長たちだけは意味ありげにうなずきあった。

団長はあたりを見まわしてみた。視線《しせん》が広場をぐるりとまわり、オーバーの少年たちのところで止まった。

「あれは？」団長はそういってぼくたちを見つめた。親指《おやゆび》で後ろを指さしている。

ぼくたちは肩《かた》をすくめた。

向こうの少年たちはまだじっとつっ立ったままで、こちらをながめている。

「ふとっちょ！」団長が呼《よ》んだ。

ふとっちょははっとして直立不動《ちょくりつふどう》の姿勢《しせい》をとった。

「行ってこい！　あいつらが何者か、きいてくるんだ！」

ふとっちょは鈍重《どんじゅう》な動作で広場の向こうへ行き、すぐに息をきらせながらもどってきて、あえぎあえぎいった。「新入りの団員たちです！」

「そうだろうと思った！」団長はうなずいた。「おいっ、ふとっちょ、走れ！　走っていって、こっちへおいでをねがってこい！」

ふとっちょは顔をしかめた。が、またふうふうと大きな息を吐《は》き出しながら、重い体を引きずって広場を走っていった。途中《とちゅう》から、もう手招《てまね》きしている。

ところが、向こうはふとっちょがやってくるのをただ待っていた。そしてなにかふとっちょと言葉を交《か》わしたのち、やっとのことで悠然《ゆうぜん》とこちらへやってきた。

にぎりこぶしに息を吐《は》きかけながら、団長はぼくたちの前を行ったり来たりしている。

ぼくたちは寒さからできるかぎり身を守ろうと、くっつきあった。みんながだれかの後ろにかくれて風をよけようとする。

向こうのやつらは急ぐようすもない。やっとぼくたちのところまで来ると、手をオーバーのポケットにつっこんだまま、無表情な顔で団長と向かいあった。唇《くちびる》を固く閉《と》じている。一人だけ、帽子《ぼうし》をぬいであいさつした。「こんにちは！」

ぼくたちはわらった。

新入りたちの頭ごしに、ふとっちょが報告した。「任務《にんむ》、終えました！」そして、また自分の列にもどった。

さあ、どうなることか？

緊張《きんちょう》のあまり、ぼくは寒さをわすれた。こんな態度《たいど》はだれもしたことがない。団長の怒声《どせい》が飛ぶぞ！

団長も唇《くちびる》を固くむすんでいた。やがて、音をたてて大きく息を吸《す》い込《こ》んだ。胸《むね》がもりあがった。そして、しずかに、低い声で、口を開いた。「きみたちが、新入団員だな?!」

間《ま》。

「歓迎《かんげい》だ！」そうつづけて、団長は手をさしのべた。

不承《ふしょう》ぶしょう、新入りたちはポケットから手を出した。どう理解していいのか、迷っているようすだ。

団長は、最後にギュンターと握手《あくしゅ》をした。

ギュンターがいった。「歓迎《かんげい》されたって、ぼくたちはうれしくありません。来たくもないのに来たんですから！」

ぼくたちの視線《しせん》が団長に飛んだ。──そして、ギュンターにもどり、──また、団長に行った。

ギュンターと団長はまだ手をにぎりあっている。

その場にいるもの全員が、二人を見つめた。──そして、待った。

だが、団長はなにも言葉をかえさなかった。もう一度力をいれてギュンターの手をにぎりかえすと、新入りの全員に向かっていった。「さあ、列の終わりにつきたまえ。ホームへ行こう。あっちのほうがあたたかいから。」

新しいホームは、ぼくたちの自慢《じまん》のホームだった。街《まち》のいちばん美しい一角、公園のすぐそばにあり、ヒトラー・ユーゲントと、ドイツ少女同盟《どうめい》と、ドイツ少年団＊とが同時にそのホームのなかで活動できた。各団体がそれぞれ独自《どくじ》の事務室《じむしつ》と屋内《おくない》活動のための広い部屋をもっていた。大きな窓《まど》、明るい色で塗《ぬ》りあげた家具が、部屋に光を投げていた。だれの手にもとどく壁《かべ》の棚《たな》に、本がならべられていた。大勢《おおぜい》でするゲームの道具は戸もついてない棚にあり、隅《すみ》には卓球台《たっきゅうだい》が立てかけてあった。シャワーの設備《せつび》もあったし、地下室には申し分のない手工芸《しゅこうげい》の作業場《さぎょうば》までつくられていた。用務員の夫婦がいて、掃除《そうじ》も暖房《だんぼう》も一切《いっさい》をひきうけてやっていた。

この新しく建てられたホームに移ってからは、たいていのものが家よりもホームのほうがいいと思うほどだった。

新入りの団員たちもこのぼくたちのホームが気に入ったのは明らかだった。

まず、団長が短い演説《えんぜつ》をした。ドイツの若者はどれほど総統《そうとう》に感謝《かんしゃ》してもたりない、なぜなら、われわれをこのように受け入れてくれた人は総統以外これまで一人もいなかった。そういって、団長は大きなしぐさで、広い部屋を指《さ》し示《しめ》した。感謝のしるしとして、われわれは常に総統の少年としてはずかしくない人間であることを証明しなければならない。総統は、われわれ総統の少年に、強さと、誠実《せいじつ》と、勇気と、潔癖《けっぺき》とを期待しておられるのだ、と。

団長が話しているあいだ、ぼくたちは新入団員を観察していた。

かれらは気のなさそうなようすで、窓《まど》の外をながめたりしながら、ほとんど聞いてはいなかった。

ギュンターはぼくたちの蔵書《ぞうしょ》を点検《てんけん》していた。

最後に、団長は一人一人に話しかけた。そして、ギュンターにたずねた。「きみは、さっき、集合広場で勇気のあるところを示したね。そこでこんどはぼくの問《と》いにこたえてもらいたい。なぜきみはもっと早くぼくたちのドイツ少年団に入団しなかったんだ?」

ギュンターはためらいがちに立ちあがると、まっすぐに団長を見つめ、おちついていった。

「あなたたちはぼくの父を、ヒトラーに反対だという理由で、投獄《とうごく》しました。」

団長ははっとして息を吸《す》いこんだ。が、事柄《ことがら》を明らかにしようと、重ねてたずねた。「それはきみのお父さんが、きっとなにかをしたからだろう? そうでなければ罪にされることはないはずだ。」

ギュンターはうなずいた。「はい。父は、ある集会で、自分はヒトラーを信じていないとはっきりいいました。」

団長は下唇《したくちびる》をかんだ。つづいての質問はもうしなかった。ほかの新入団員と話すこともやめて、ドイツ少年団の任務《にんむ》についての説明をした。それから名前をリストに書かせ、各班への配《はい》属《ぞく》をきめた。

ハインツはなんとかしてギュンターを自分の班に入れようとした。そして、そのとおり、ギュンターはぼくたちの班に入ってきた。

最後に全員で歌をひとつうたい、解散《かいさん》となった。

ドアのところで団長がギュンターの肩《かた》をつかんだ。「なにかこまったことが起きたら、ぼくのところに来るんだ！　いいかい？」そういって、ギュンターを押《お》しだした。

帰りみち、ギュンターがいった。「きみたちの班になったことは、うれしいよ。」

## 一九三七年〔十二歳《さい》〕

### 模擬野戦《もぎやせん》

ぼくたちは要塞《ようさい》へ行進していった。

《要塞》というのは郊外《こうがい》にある広い原っぱのことで、以前、だれかが大きなホールを建てかけ、それが中断されて、そのまま荒《あ》れ地《ち》のようになっているところだった。土盛《ども》りも地面に掘《ほ》られた穴《あな》もすっかり雑草《ざっそう》や灌木《かんぼく》におおわれているし、そのあいだに石ころの山とか、壁《かべ》や塀《へい》の残骸《ざんがい》とか、トロッコのレールなどがあって、そこはまさに野外での模擬戦《もぎせん》*の理想的な場所になっていた！

団長が、止まれ！　つづいて、解散《かいさん》！　の号令をかけた。

周囲の状況《じょうきょう》をよく見てみようと思っている矢先《やさき》、早くもまた集合の号令がかかった。こんどは二列に整列だ。一人一人、並《なら》ぶ場所を探してうろうろするので、少し時間がかかった。その結果、いつもいっしょにいるものも別の列になっていた。

整列が終わると、二列がそれぞれ十歩後退《こうたい》して離《はな》れた。

ハインツはぼくの列の左がわ、ギュンターは向こうの列の右の方にいた。

団長が大きな毛糸の玉を二つ、ポケットからとりだした。一つは赤、一つは青だ。

ぼくたちの列は赤をもらった。

ハインツが毛糸を五十センチほどの長さにちぎって、配った。それを各自《かくじ》が左腕《ひだりうで》に巻《ま》いた。

ギュンターは向こうの列で青の毛糸をもったまま、ぼくたちの方を見つめていた。そして、団長が向こうをむいたとたん、さっとこちらへ走ってきた。「きみたちといっしょになりたいんだ！」たのむようにそういった。

しかし、青組が怒《おこ》りだした。「赤組は一人多いよ。ギュンターが行ったから！」

ギュンターはもどろうとしなかった。青組から二人がつれもどしにきたが、頑《がん》として応《おう》じない。

青組は団長に訴《うった》えた。

「代わりに別のやつを取ればいいじゃないか！」団長はそう決定をくだした。

青組はふとっちょを選びだした。ふとっちょは青組のものにあらためてたのまれるまでもなく、すぐに応《おう》じた。

そして、ギュンターと毛糸をとりかえ、にやにやしながら青組に移った。

ふとっちょの方がギュンターより力もちなので、青組はよろこんだ。

赤組の何人かが戦力《せんりょく》の低下《ていか》に文句《もんく》をいった。

団長は聞こえないふりをして、戦闘開始《せんとうかいし》用意《ようい》をいいわたした。団長は二人の分団長とともに審判官《しんぱんかん》になった。

ぼくたち赤組は土塁《どるい》のかげにたてこもった。そして、指揮官《しきかん》にハインツを選んだ。

ハインツは作戦計画を練《ね》って、ぼくたちを配置《はいち》した。ギュンターには自分の伝令《でんれい》に、ぼくには斥候《せっこう》になるよう命令した。

団長の笛《ふえ》が鳴り、模擬野戦《もぎやせん》の幕《まく》が切っておとされた。

ぼくはこっそりとかくれ場所から行動を開始し、藪《やぶ》から藪へと移りながら進んでいった。気づかれないよう、両手の指先、両足の爪先《つまさき》で這《は》っていく。なんのもの音もたてずに長い距離《きょり》を腹這《はらば》いになって進んでからけんめいに偵察《ていさつ》したが、青組は影《かげ》も形も見えない。近くの丘の上に団長が立って分団長たちと話をしているのは見えたが、ほかにはなにも見えなかった。塀《へい》の一角を盾《たて》に、立ちあがってみた。二枚の瓦《かわら》のあいだから向こうの戦場をじっと見てみた。なにか動くものは？　そのときだ。左腕《ひだりうで》になにかがさわった。ぼくはパッとふりむいた。

背後《はいご》に青組の少年が一人、膝《ひざ》をついてうずくまっていた。手にもった赤い毛糸のちぎれたものをぼくにつきだすと、宣言《せんげん》した。「戦死だ！」

ぼくは戦闘《せんとう》の最初の犠牲者《ぎせいしゃ》になってしまった。

戦死者はただちに戦場からひきあげなければならないことになっていた。ぼくがその場をはなれると同時に、青組の一斉攻撃《いっせいこうげき》が開始された。

だが、赤組もすぐに迎撃《げいげき》に出た。

ハインツが先頭に立って叫《さけ》んでいる。「うわーっ！　うわーっ！」

ギュンターがその後ろにピタリとつき、同じように「うわーっ！　うわーっ！」と叫んでいる。

ハインツとギュンターのあとから、赤組全員が大きく散開《さんかい》して進む。「うわーっ！　うわーっ！」全員が叫《さけ》ぶ。

ふいに、ハインツがよろめき、穴《あな》におちて見えなくなった。赤組はかまわず進んだ。ころんだ指揮官《しきかん》をとびこえて、青組との格闘《かくとう》に突入《とつにゅう》した。ギュンターだけがハインツのところにとどまった。ギュンターはかがみこんで、ハインツを穴からひっぱりあげようとした。

ところが、青組は特殊戦法《とくしゅせんぽう》を編《あ》みだしていた。少数の一団がもみあう主力《しゅりょく》とは少しはなれたところを進んできて、気づかれないうちに赤組の背後《はいご》にまわったのだ。そのなかにふとっちょもいた。

あわやというところで、ギュンターが敵に気づいた。ギュンターはハインツを自力《じりき》で這《は》いあがるにまかせ、ハインツをかばって穴の前に仁王立《におうだ》ちになった。ギュンターには赤組の指揮官《しきかん》を守護《しゅご》し、救うことしか頭になかった。

けれども、ふとっちょもほかの闘士《とうし》も、ハインツのことは眼中《がんちゅう》になかった。かれらは一斉《いっせい》にギュンターに襲《おそ》いかかった。

ギュンターはけんめいに防戦した。

二人がギュンターをつかんだ。

ギュンターは身をもぎはなそうとした。

みんなは寄《よ》ってたかってギュンターを倒《たお》した。

ギュンターはもがいた。

一人がギュンターの脚《あし》の上に馬乗りになった。

ギュンターはなんとかして体をねじまげようとする。

おかしいことに、かれらはギュンターの赤い毛糸をひきちぎらないよう用心していた。そして、ふとっちょが一人で猛然《もうぜん》とギュンターに殴《なぐ》りかかった。殴って殴って、殴りまくった。ハインツが穴《あな》から這《は》いあがり、やっとのことでそばにとんでくると、ふとっちょはギュンターの毛糸をひきちぎってみんなといっしょに逃《に》げた。

ギュンターは倒《たお》れたままじっとしていた。

だが、ハインツがふとっちょをつかまえた。

激《はげ》しい格闘《かくとう》がはじまった。両方とも相手の毛糸をひきちぎろう、そして、自分のを守ろうと、必死になって組みついたまま地面の上をころがりまわる。

野戦《やせん》の戦死者がものみだかく集まってきて、二人をとりまいた。

じりじりとふとっちょの方が優勢《ゆうせい》になってきた。

ハインツは疲《つか》れた。

そこへ赤組の二人がハインツを助けにかけつけ、ふとっちょの毛糸をひきちぎって戦えなくした。

ハインツはまた指揮《しき》をとった。

戦闘《せんとう》が続行《ぞっこう》された。

戦死者たちがいっしょになって、ぼくのいる方へやってきた。

「ぼくがきみを殴《なぐ》ったのはね、」ふとっちょがギュンターにいった。「きみが、ハインツのあとばっかりついてまわるからさ。」

## 槍《やり》

もう暗くなりはじめていた。

ぼくたちのテントが三つ、ピンと張《は》られ、しっかりと杭《くい》が打たれ、ぐるりに雨溝《あまみぞ》が掘られ、なかには新しいわらが敷《し》きつめられている。列車に乗り、行進し、そして慣《な》れない作業をしてくたくたになったぼくたちは、焚《た》き火《び》のまわりに腰《こし》をおろしていた。

ぼくは焚《た》き火《び》の炎《ほのお》ごしに沈《しず》む太陽を見ていた。巨大《きょだい》な太陽が山並《やまな》みの向こうに沈んでいく。谷間の村は、白壁《しらかべ》の家だけが点々と浮《う》かびあがった。そして背後《はいご》の森は、木々が寄りかたまって不気味《ぶきみ》な壁になったように思えた。

あたり一面、しんと静まりかえっていた。

ハインツはあぐらをかいてすわっていた。もたれているのは、立てた旗《はた》ざおだった。ハインツは話をしていた。

けれども、ちゃんと聞いているものはいなかった。一人、また一人とあくびをし、こっくりこっくり舟《ふね》をこぐものもいた。まわりの夜の風景に見入っているものもいた。

ふとっちょはとなりの少年とこそこそ合図《あいず》をしあい、ギュンターは麦《むぎ》わらのきれはしをアルファベットの文字の形においてみていた。

「もうすぐ十時だ！──就寝《しゅうしん》だな。」ハインツが話を終えた。

輪になった一同は、ほっとしてため息をついた。

「テントに入るまえに、歩哨《ほしょう》を決めなくちゃいけない。」ハインツがまたいった。

「あーあ！」あちこちからがっかりした声があがった。

ハインツはかまわずつづけた。「知らない土地で歩哨《ほしょう》なしというわけにはいかない。なんていったって、将来《しょうらい》の兵役《へいえき》にそなえての意義ぶかい演習《えんしゅう》なんだから。それに、夜中、猪《いのしし》が杭《くい》をひきたおしにくるかもしれない。そうしたら、ぼくたちはテントのなかでおだぶつだ。」

輪の一人がたずねた。「なら、もし猪《いのしし》が出てきたら、どうやって防ぐんだい？」

ハインツはわらった。「きみがいるのを見たら、猪《いのしし》は近くに寄《よ》ってはこないよ。まあ、念《ねん》のために歩哨《ほしょう》は槍《やり》を武器としてもつことにしよう。」そういって槍をとりあげ、焚《た》き火《び》の上にかざした。鋼鉄《こうてつ》の穂先《ほさき》がキラリと光った。

ぼくたちは安心してうなずいた。

「歩哨《ほしょう》はそれぞれ交代《こうたい》のときに槍《やり》をきちんと確認《かくにん》して次のものにわたす。歩哨に立っているあいだは、ぜったいにこの武器を手からはなさない。なにか起これば、歩哨は笛《ふえ》を吹《ふ》く。そうしたら、全員、テントからとびだす。いいか、わかったね⁉」

「わかったよ！」ふとっちょが、ねむそうに、うるさそうに、みんなを代表していった。

ハインツはさらにことばをつづけた。「ぼくたち、人数が少ないし、それに歩哨《ほしょう》は勇気をためすためのものでもあるから、一人ずつで立つことにしよう。それぞれ二時間ずつだ。」

一人がふくれっつらでいった。「どうやって時間を知るんだい？」

「うん、そうだったな！」ハインツがうなずいた。「時計をもっているものは？」

だれももっていなかった。

「それじゃあ、ぼくの腕時計《うでどけい》を使うことにしよう。」ハインツはそういって立ちあがり、時計のバンドをはずした。「これを旗《はた》ざおに巻いておく。そうしたら、各自《かくじ》、いつでも時間を見ることができる。歩哨《ほしょう》はぼくの時計に責任をもつこと。雨が降るかもしれないから！」

ぼくたちは興味しんしん、ハインツが時計を旗《はた》ざおに巻きつけるのを見ていた。高価《こうか》な腕時《うでど》計《けい》！

「さあ、第一夜《だいいちや》の歩哨《ほしょう》を志願《しがん》するものは?」ハインツがそうたずねて、一同《いちどう》を見わたした。

「最初の二時間は、まずぼく自身がする。」ハインツがいった。

ギュンターが手をあげた。

ぼくも負けじとあげた。

ほかにも二人、申し出た。

ハインツは年少者の一人をしりぞけた。

「じゃあ、いちばんむずかしい時間、二時から四時まではだれがひきうける?」ハインツがきいた。

ギュンターの手がさっとあがった。

こうして、順番が決まった。ハインツが一番。次にぼくが交代《こうたい》する。ぼくのあとにギュンター。そしてもう一人の志願者《しがんしゃ》が最後を務《つと》める。

ぼくたちは旗《はた》をおろし、歌をひとつ合唱した。

ハインツはみんなにちゃんと体を拭《ふ》いてから寝るよう、注意をあたえた。

川へおりていく途中《とちゅう》、ぼくたちはハインツの腕時《うでど》計《けい》見たさに、わざわざ旗《はた》ざおのそばをとおっていった。

十時きっかりに、ハインツはぼくたちをテントに入れた。歩哨《ほしょう》に立つものに、「焚《た》き火《び》を消さないように注意することを忘れちゃだめだぞ！」といいおいてから。

まっ赤な灰《はい》のところどころに、まだ小さな炎《ほのお》がちょろちょろとあがっている。その上に、ぼくは太い枯《か》れ枝《えだ》を三本投げこんだ。火はゆっくりとまた燃えあがった。膝《ひざ》のあいだに槍《やり》をはさんでそばに近より、ぼんやりと火を見つめていると、あたたかくなってきた。

はっとして跳《と》びあがった。

槍《やり》が額《ひたい》にふれた。

枝《えだ》は燃えおちていた。

寒い。ふるえる。なにがどうなっているのか気がつくのに一瞬《いっしゅん》かかった。ぼくは、ぱっと立ちあがって旗《はた》ざおに走った。

一時半だ。

またねむりこんではたいへんだから、槍《やり》をもってテントのあいだをあちこち動きまわった。

野営地《やえいち》を二十五回まわって、また時計を見てみた。

ちょうど長い針が十一に近づくところだった。

もうあと三回、旗《はた》ざおからいちばん遠くのテントまで、行ったり来たりした。

薪《たきぎ》をたした。やっとのことで時間が来た。

二時だ。

ほかのものを起こさないよう、ぼくはまっ暗なテントのなかでギュンターの寝《ね》ているところを手さぐりでさがした。わら――わら――毛布――体。ギュンターのはずだ！

ぼくはゆさぶった。なにやらぶつぶついいながら、寝返《ねがえ》りをうっている。

「交代《こうたい》だ！」ささやいた。

「あっ、そうか！」ギュンターははね起きた。「いま行く！」

ぼくはそっとテントから出た。待つほどもなく、ギュンターがせまい入り口を四《よ》つん這《ば》いで出てきた。うーんと伸《の》びをし、あくびをして、目をこすった。

「あそこに時計がかかっている！」ぼくはギュンターに指さした。「それから、これ、槍《やり》だ。じゃあ！」

ギュンターは槍《やり》をうけとって、うなずいた。「わかった。」

ぼくはテントにもぐりこみ、毛布にくるまった。

……だれかがぼくの足をぐいとひっぱった。

「なんだい?」ぼくはわけがわからなかった。

「来てくれ!」入り口でささやいている。

目がさめるのにだいぶかかった。やっとのことであたたかい寝床《ねどこ》からいやいや這《は》い出て、テントの外に出た。

外は暗かった。

「何時だい?」

低い声でギュンターがこたえた。「二時十五分すぎ。」

ぼくはかっとなって文句《もんく》をいった。「なんで起こしたんだよ? ぼく、寝《ね》たばっかりじゃないか!」

「槍《やり》がないんだ!」ギュンターが白状《はくじょう》した。

「槍?」

「歩哨《ほしょう》の槍!」

「ちぇっ!」ぼくはいった。「ぼくからちゃんと受けとったじゃないか!」

「うん、そうなんだ!」ギュンターはうなずいた。「それが、なくなったんだ!」

ぼくはやっとはっきり目がさめた。けれども、どうなったのか、まだ理解できない。

「きみが寝《ね》たあと、ちょっと森のそばまで足ならしに行ったんだ。」ギュンターが説明しはじめた。「そのまえに、槍《やり》を焚《た》き火《び》のそばに刺《さ》しておいた。ほら、ここだよ。穴《あな》があいてるだろ！　もどってきたら、槍が消えちまってたんだ。」

「なにか、心あたりはないのかい？　それとも、あやしいものを見たとか？」ぼくはたずねてみた。

ギュンターは首をふるばかりだ。

「そんなら、なくなるはずないじゃないか。倒《たお》れてころがっていったとか、そんなことじゃないのかい？」

ギュンターは否《ひ》定《てい》した。

それでもぼくたちは探してみることにした。焚《た》き火《び》のまわりをすこしずつ輪をひろげて探し、暗いところは地面を手でさぐった。燃えている枝《えだ》をかざして、テントの向こうがわまで行ってもみた。とうとう森の端《はし》から小川まで、あたり一帯《いったい》をくまなく探したが、錆《さ》びた懐中《かいちゅう》電灯が一つとナイフが一本見つかったきり、槍《やり》はなかった！　なんの手がかりもなかった！

「ハインツを起こさなくちゃ！」

ギュンターが起こしてきた。

ハインツはねぼけまなこでテントからよろよろと出てきた。はじめのうち、ハインツはぼくたちの話を信じなかった。

だが、いっしょになって探しはじめた。

ハインツは小川のなかにまで足を踏《ふ》みいれた。

ない！

ついに探すのをあきらめたとき、旗《はた》ざおの時計はすでに四時十五分まえを指していた。

「きみ、槍《やり》を手からはなしちゃいけなかったんだ！」ハインツはいった。「だけど、こんな夜の夜中に探したって意味ないよ。さあ、寝よう。あしたの朝、明るくなったら、きっと見つかるさ。」

翌朝《よくあさ》、四人目の歩哨《ほしょう》が、起こしてくれなかったと不平をいった。

ギュンターが二時から六時まで歩哨《ほしょう》をつとめ、夜《よ》っぴて探したのだった。蒼《あお》い、疲《つか》れきった顔で、ギュンターは火のそばに立っていた。ハインツがだまって視線《しせん》を向けると、ギュンターは絶望したようすで肩《かた》をすくめてみせた。

ハインツもこのなぞにはお手上げだった。

朝食のとき、ふとっちょがギュンターに向かっていった。「槍《やり》は？　槍はどこにあるんだい？」

ギュンターはつらそうにいった。「ないんだ！」

ふとっちょはにやりとした。「歩哨《ほしょう》ともあろうものが武器を手からはなすからだよ！」そういうと、立ってテントに入っていった。そして、槍《やり》をもって出てきた。

「きみ、どうやってその槍を見つけたんだ？」ハインツがおどろいてたずねた。

「かんたんさ！」ふとっちょはギュンターとぼくを指さした。「交代《こうたい》のとき、ぼく、起こされちまったんだよ。何時なのかたずねようと思ってテントから顔を出したら、だれもいないじゃないか。この槍《やり》が火のそばに突きささってるだけ。そいで、ぼく、取っておいたのさ。こんな無責任な歩哨《ほしょう》じゃ、しようがないな！」

ぼくたちはあっけにとられて、ふとっちょを見た。

ふとっちょは平気な顔で食べながら、さらりといった。「これは歩哨《ほしょう》の失態《しったい》だ。歩哨の失態には、特別に重い罰《ばつ》を科《か》すべきだよな。」

ハインツは聞きながした。

異議《いぎ》をとなえるものはなかった。

「えこひいき!」ふとっちょが不平をならした。

そういわれて、ハインツは認《みと》めた。「ギュンター、残念だけど、ふとっちょのいうとおりだ。きみは、持ち場をはなれることも、槍《やり》を手からはなすことも、してはいけなかったんだ。罰《ばつ》は受けなくちゃならない。」ハインツはぼくたちを見まわした。「ギュンターにどんな罰がいいか、だれか提案《ていあん》があるかい?」

ふとっちょがギュンターを横目でちらりと見て、吐《は》きだすようにいった。「追い帰す! ピンプの資格《しかく》なしだから!」

ぼくたちが罪《つみ》を裁《さば》くのを、ギュンターはただうつむいてきいていた。ふとっちょの提案《ていあん》には全員が反対だった。たいていのものがギュンターの肩《かた》をもった。どんな罰《ばつ》がいいか、意見がなかなかまとまらず、言い争いにまで発展《はってん》しそうになった。

「やめろ!」ハインツがきりをつけた。「ギュンターは歩哨《ほしょう》に立って槍《やり》をなくしたんだから、その罰《ばつ》に今日の午前中ぼくたちが山歩きをするあいだ、歩哨としてここに残る。どうだ、これは?」

ぼくたちは賛成した。

ふとっちょがぶつくさいった。「ゆっくりねむれるようにな! 槍《やり》一本、きちんと守れないなんて！」

だが、もうだれも聞こうとしなかった。

「この罰《ばつ》、受けるかい、ギュンター？」ハインツがきいた。

ギュンターはうつむいたまま、うなずいた。

## 大隊長

空は一面の灰色《はいいろ》だった。半時間ほどまえから小雨《こさめ》が降りはじめ、地面にはもう小さな水たまりができていた。ぼくたちが立っている足もとも、しだいにぬかるんできた。

制服はずぶぬれで、ふるえがとまらない。ぼくたちは別の二団とともに方形《ほうけい》に整列し、大隊長の演説《えんぜつ》を聞いていた。

大隊長の話は、いつ終わるともしれず延々《えんえん》とつづいた。総統《そうとう》のこと、第一次世界大戦《せかいたいせん》の一兵卒《いっぺいそつ》たちのこと、ドイツの軍隊について、総統の大事業《だいじぎょう》について、そして、ぼくたちピンプには国防能力《こくぼうのうりょく》をそなえたドイツ人になる義務があることなど。

ぼくたちはもう聞いていなかった。先頭の列のものは低くたれこめた空にぼんやりと視線《しせん》をながしていたし、後ろのほうでは指であそんだり、ズボンのポケットのそうじをしたりしていた。全員に、おちつかない空気がひろがりはじめていた。

大隊長もその空気を感じたようだった。視線《しせん》を右から左へ、また左から右へ動かしている。演説《えんぜつ》の邪魔《じゃま》ものを探しているようだった。

「ねえ、」ギュンターがハインツのわきをこづいてささやいた。「大隊長はぼくたちみんなを兵隊にしたいんだね。」

ハインツはうなずいた。

とつぜんの静寂《せいじゃく》。

大隊長がことばを切って、無言《むごん》でいるのだ。

みんな、微動《びどう》だにせず、息をのんだ。

全員が注意を集中した。ぼくたちの一角《いっかく》を見ることができる位置にいるものは、さっと視線《しせん》を投げてよこした。さあ、どうなることか……

「だれだ、話をしたのは?」大隊長のだみ声がとんだ。

沈黙《ちんもく》。

ギュンターとハインツが、わざときょとんとして、問いかけるようにまわりを見まわし、それから大隊長を見た。二人ともけんめいになって知らん顔をしている。

ぼくたちまわりのものは、必死になって関係ないというようすをし、まっすぐ前を見ていた。

「しゃべったのは、だれだ？」声がひびきわたり、大隊長がぼくたちの分団に近づいてきた。まわりに並《なら》んでいる別の分団のものたちは、まるでおもしろい劇《げき》でも見るように事《こと》のなりゆきを目で追いはじめた。

ぼくたちは不安になってきた。

大隊長の顔がまっ赤《か》になっている。「この分団だけ、」そういって、ぼくたちを指さし、「気をつけ！」

一撃《いちげき》をうけたように、踵《かかと》が音をたててあわさった。だれもかれも、必死で模《も》範的《はんてき》な姿勢《しせい》をとろうとした。手はズボンの縫《ぬ》い目《め》にぴたりと当て、ひじはかるく前に出し、胸《むね》をつきだし、頭をまっすぐに起こし、視線《しせん》を動かさない。姿勢のよしあしで事《こと》が決まる！

ぼくたちはそう思ってがんばった。

「このなかでしゃべったのがだれか、聞いとるんだぞ！」大隊長はくりかえした。「前へ出ろ！」

ぼくたちの分団はじっとして動かなかった。だれも眉根《まゆね》ひとつ動かさなかった。

「三まで数える。むだ口をきいたやつは申し出ろ！——一、——二、——三！　さあ、どうだ？——ん？——出んのか？——分団長！」

ハインツが歩調《ほちょう》をとって五歩、前に出た。非《ひ》のうちどころのない姿勢《しせい》で、大隊長の前に立っている。

「おまえの分団の、だれがしゃべったのだ？」

ハインツはさらに体をそらせた。「わかりません、大隊長どの！　ぼくは聞きませんでした！」

大隊長の喉《のど》がふくらんだ。顔がますます赤くなった。両手が興奮《こうふん》して宙《ちゅう》を舞《ま》った。「なんだと？——おまえは自分の分団の汚《きたな》い野郎《やろう》をかばおうってのか！　分団長の任務《にんむ》をなんと心得ておる！」声がうわずった。「このろくでなし！」声が引きつった。「ようし。それなら……」

「ぼくが話しました、大隊長どの！」列のなかからギュンターがさっと手をあげて名乗《なの》りでた。

大隊長は混乱《こんらん》してことばを切った。ギュンターを見、ハインツを見、目をきょろきょろさせたあげく、ハインツに向かってどなった。「おまえとはあとで話をつけることにする！　列にもどれ！」

ハインツは緊張《きんちょう》し、あおざめた顔で列にもどった。

大隊長は一転《いってん》して声をおとし、やさしそうに、笑顔《えがお》までつくって、ギュンターにいった。

「出てこい！」

ギュンターは列からはなれて後ろにさがり、方形《ほうけい》にならんだ団員をぐるりとまわって前に出ると、大隊長との距離《きより》を三歩あけて立った。

「ふん、そうか、おまえだったんだな？」大隊長はささやくような声でいった。

ぼくたちは一言も聞きもらすまいと、耳をそばだてた。寒さも、ぬれた冷たさも、もう感じなかった。

「なんといったんだ？」大隊長がたずねた。

ギュンターはこたえない。

大隊長は一歩近よった。「なんといったんだ？」

ギュンターは唇《くちびる》をかんだ。

「こたえろ！」とつぜん、大隊長は大声でどなった。ぼくたちがぎくっとしたほどの変わりようだった。

だが、ギュンターはこたえなかった。

大隊長は意《い》を決《けっ》したようにふりかえった。そして、全員に向けていった。「こういう卑怯《ひきょう》な、強情《ごうじょう》なやつに、ドイツの軍隊はどうするか、軍隊ではこういうやつをどうやってたたきなおすか、おまえたちに、いまからその味見《あじみ》をさせてやる。」そして、声を一段《いちだん》あげた。「これから出す命令は、こいつだけに発するものだ！」そういってギュンターを指さした。

「伏《ふ》せ！」

ギュンターが地面に伏した。

「立て！　走れ、走れ！」

ギュンターは起きあがって、前に駆《か》けた。

大きな水たまりの手前で、「伏《ふ》せ！」

ギュンターは水たまりのわきに身を伏せた。

「なにいっ？　――命令にしたがわんのか？　――立て！」

ギュンターはとびあがって立った。ズボンもシャツもどろだらけだ。

「二歩、右へ！」

ギュンターが命令どおり動いた。水たまりのまん前にきた。

「伏《ふ》せ！」

大きく水しぶきがとんだ。

「匍匐前進《ほふくぜんしん》！」

泥水《どろみず》のなかを、ギュンターは腹這《はらば》いで進んだ。

「もどれ！」

水たまりのまんなか、いちばん水の深いところで、ギュンターは腹這《はらば》いのまま向きをかえた。そして、水たまりの端《はし》まで這《は》ってもどった。

「立て！　走れ、走れ！」

顔から靴《くつ》までどろんこになったギュンターが、ぽたぽた水をしたたらせながら、方形《ほうけい》のなかを走った。服から泥《どろ》があたりに散《ち》った。

「気をつけ！」

ギュンターは大隊長のほうに向いて、直立不動《ちょくりつふどう》の姿勢《しせい》をとった。

「屈伸《くっしん》！」

両腕《りょううで》を前に伸《の》ばし、ギュンターは膝《ひざ》をまげた。

「跳《と》べ！」

そのままの姿勢《しせい》で、ギュンターはピョンピョン跳《と》んで前進した。水たまりにさしかかって、水が顔まではねた。泥水《どろみず》が髪《かみ》から流れた。ギュンターはよろめいた。

「気をつけ!」

また、さっと立った。

「まわれー、右!」

ギュンターはぼくたちに向きあって立った。

「いいか、みんな。この汚《きたな》いブタ野郎《やろう》をしっかりと見るんだ!」大隊長はあざわらった。

ギュンターはぽたぽた泥水《どろみず》をたらしている。

「完全伏《ふ》せ!」

視線《しせん》ひとつ動かさず、ギュンターは前に倒《たお》れこんで顔をぬかるみに押《お》しつけた。

「気をつけ!」

ギュンターは立ちあがった。

大隊長はにやりとした。「五歩、前へ!」

ギュンターはしたがった。最後の一歩で、また大きな水たまりの端《はし》にきた。

「これじゃあおれの声がもったいない。親指の動きを見ろ! そしてそのとおりにするんだ! いいか、これが『伏《ふ》せ!』だ」大隊長はにぎりこぶしの親指を立てて、それを下に向けた。「それから、これが『立て！』だ。」親指を空に向けた。「さあ、行くぞ！」
親指が下を向いた。
ギュンターは水のなかに伏《ふ》せた。
親指が空を向いた。
ギュンターはさっと立ちあがった。
親指、下。
水しぶき。
親指、上。
滝《たき》のように落ちる水。
下！
上！
下！
上！
ぼくたちは「気をつけ」の姿勢《しせい》でそれを見つづけた。

# 一九三八年〔十三歳《さい》〕

## 三人の父親

「いやあ、このカツレツ、おいしかったな。」父はそういって、いすの背《せ》にもたれた。

母はうれしそうにほほえんだ。そして立ちあがってお皿《さら》をあつめ、出ていった。

「なんだ、おまえ、また制服か？」父はぼくに声をかけた。「なにがあるんだい？」

「ぼく、ハインツとギュンターと約束があるんだ。」ぼくはこたえた。「ホームで、総統《そうとう》の誕《たん》生日《じょうび》のお祝《いわ》いの準備をするのさ。」

「ああ、そうだったな。」父も思い出した。「来週、アードルフはもうまた誕生日《たんじょうび》を迎《むか》えるのか。四十九歳になるんだな。たいへんなお祝《いわ》いになるだろうよ！　そして、来年、来年は五十歳だ。みんな、どんな大さわぎをすることか。」

母がテーブルクロスをかたづけに入ってきた。

「母さん、総統《そうとう》の誕生日《たんじょうび》に、うちじゃあどんなごちそうを食べさせてくれるんだい？」父がわらいながらたずねた。

母はほんのちょっと考えただけで、すぐいった。「雑炊《ぞうすい》ね！」*

「そんな！」父が抗議《こうぎ》した。「それはひどいよ。いいことをしてくれたんだよ、アードルフは。――一九三三年以前、うちの暮《く》らしがどんなだったか、母さん、おぼえていないのかい？　カツレツなんて食べられやしなかった！　おれが失職中《しつしょくちゅう》だったからな。失業手当ては家賃《やちん》を払《はら》ったらそれでおしまい。おれたちははらぺこだったじゃないか。そうさ、食べられなかったんだよ。いまじゃ、もう思い出してみることもできないくらいだがね。着るものもなかった。家具は一つ、また一つと質屋《しちや》へはこんだ。おれはのろのろと職業安定所《しょくぎょうあんていじょ》にむだ足をはこぶか、それとも、どこかの公園に行ってベンチにぼんやりとすわっていたよ。母さんの困った顔を見ないですむようにね。そうだろ、母さん。――あのとき、おじいさんが助けてくれなかったら……」

母はうなずいた。「ええ、うちはよくなったわ。でも、代わりにほかの人たちが困っているのよ。ユダヤ人のことを考えてごらんなさい！　それから、ギュンターのお父さんとか。」

「うん、まあな。」父はいった。「ヒトラーはユダヤ人問題じゃあ、へんな気まぐれをやっている。いや、おれたちみんな、なにか、どこか、ちょっとおかしいのは事実だ。しかしまあ、そのうちにおさまるよ。もうだいぶ鎮《しず》まってきている。始めのうちは、もっとひどいことになりそうだった。あのとき、シュナイダーさんたちに早く逃《に》げたほうがいいっていったこと、いま思うと恥《は》ずかしいな。」

「そうかしら？」母は首をかしげた。「やっぱりお逃《に》げになったほうがよかったんじゃないかしら。」

「やめろよ、母さん。」父がさえぎった。「もうすんだことだ。とにかく、うちはよくなった。また仕事につけたし、収入《しゅうにゅう》もいい。もう心配しなくてもいいんだ。十分《じゅうぶん》食べていける。ときどきはワインを買うことだってできる。清潔《せいけつ》な、きちんとした服装《ふくそう》をして、家のなかには新しい家具があって、一月《ひとつき》にいっぺんは映画を見るとか劇場《げきじょう》に行くこともできる……」

「それに、なんてったって、おじいさんの援助《えんじょ》をうけなくてもよくなったんですものね。」母もいった。「わたしたちが援助をご辞退《じたい》したこと、おじいさんは癪《しゃく》にさわるかもしれないけど、もう文句《もんく》のおっしゃりようがないわよね！」

父は夢中《むちゅう》になって先をつづけた。「もうすぐ旅行もできるかもしれない。《喜びをとおして力を》*という、あれで、ノルウェーのフィヨルド見物の旅行だ。おれの貯金帳《ちょきんちょう》がいっぱいになったら、自分の車、フォルクスヴァーゲンでアウトバーンを走れるようにもなる。そしたら、ドイツじゅう、旅行ができる。オストマルク*もだ。――いや、もっともっとほかのところにも行けるかもしれないな。」父は顔をかがやかせてわらった。「これは、だれのおかげなんだい？」

母はにこにこしていた。

父の目がキラキラしはじめた。「さあ行っておいで、おまえ！　行って、りっぱな誕生日《たんじょうび》のお祝《いわ》いを用意しておいで！」

「ぼっちゃんにご用なのね。」黒い服にボンネット、白い小さなエプロンをしたお手伝《てつだ》いさんがにっこりしていった。そしてぼくをなかへ入れてくれ、まっ赤《か》なカーテンのかかっている広い部屋に案内した。「もうちょっとかかると思うわ。だんなさまたち、いま、ごはんを召《め》しあがっていらっしゃるの。」

彼女が出ていくと、ぼくはふかふかの安楽《あんらく》いすにすっぽりと腰《こし》をおろした。

すぐに、ハインツが顔をのぞかせた。ドアのところに立ったまま、「まだ、ごはんなんだ！でも、もうすぐすむよ。」といって、ドアを勢いよく押《お》しあけてもどっていった。

小さなワゴンが入ってきた。ガラス製のティーカップに入れた紅茶《こうちゃ》と、砂糖入《さとうい》れと、小さな小さなミルク入れとがのっている。「奥さまからよ。さあどうぞ。」お手伝《てつだ》いさんはそういうと、しずかに出ていった。

ぼくが砂糖《さとう》ばさみをつかんでまだもたもたしているところへ、早くもハインツが入ってきた。

ハインツのお父さんもいっしょだ。

「きみたちにあげるものがあるんだ。すごいものだよ。いいかい！」ハインツのお父さんはそういいながら部屋をとおりぬけて、となりの部屋へ行った。

興味しんしん、ぼくたちはその後ろ姿を目で追った。お父さんは戸棚《とだな》の後ろからなにかをとりだしている。

もってきたのは、ガラス張《ば》りの額縁《がくぶち》に入ったほとんど等身大《とうしんだい》の総統《そうとう》の写真だった。「きみたちへのプレゼントだ！」

ぼくたちはものもいえないでいた。「ありがとう」をいうことさえ忘《わす》れていた。

「ん？　どうだい、おどろいただろう？」

ハインツがぼくの肩《かた》に手をかけて、うなった。「すごい！」

ハインツのお父さんはよろこんだ。「きみたちのホームにちょうどいいんじゃないかと思ってね。」

ハインツがちょっと考えていった。「お父さん、これ、総統《そうとう》のお誕生日《たんじょうび》にりっぱな除幕式《じょまくしき》をするよ。」

お父さんは賛成した。「うん、それがいいな。気分を盛《も》りあげるためにちょっとしたお祭りを計画するといい。そのクライマックスに除幕《じょまく》するんだ。そして、短い演説《えんぜつ》をして、総統《そうとう》は神さまからわれわれに遣《つか》わされた方であることを話すんだな。だって、そうだろ。そうでなきゃ、どん底《ぞこ》にあえいでいたドイツをこんなに早く、こんなに根本的《こんぽんてき》に立ち直らせることができるはずがない。名もない一兵卒《いっぺいそつ》にこんな偉大《いだい》なことがなしとげられようと、だれが五年前に思っただろう。総統は、それまでのほかの多くの人のように名誉心《めいよしん》でやっているんじゃない。総統の生活を考えてごらん。たばこも吸《す》わない、酒も飲まない、肉食もしない、家族をもつことすら断念《だんねん》しておられる。総統にとっては仕事がすべてなんだ。われわれのための仕事、われわれのためを思っての心配。そこをよく考えてみなくちゃいけないよ、きみたち。そして、われわれも総統のように私欲《しよく》のない人間になるよう、少しは努力しなくては。私利私欲《しりしよく》がなかったからこそ、総統は五年間でこの偉大なドイツ帝国《ていこく》を築《きず》きあげることができたんだ。ドイツの歴史上はじめて、ドイツ人が一つにまとまり、一人の人のもと、総統アードルフ・ヒトラーのもとに結集《けっしゅう》した。そして、いいかい、きみたち。われわれはいま、ヒトラーが導いてくれるその道の入り口に立ったばかりなんだ。総統はこれからまだわれわれに多くのことを要求してこられる。

われわれもまた、多くのことを総統に期待していい。われわれが総統の立てておられる大きな計画を実現させるために全力を総統に捧《ささ》げれば、ドイツはもっと大きくなる。もっとよくなる。総統は、われわれドイツ人に力と威信《いしん》を勝ちとらせてくださるだけではない。地球全体に新しい秩序《ちつじょ》をつくりあげようとしておられるのだ。ぼくはね、きみたちがうらやましい。きみたちが味わうことのできる未来がうらやましい。今日の努力、今日の困難は、きみたちやその子どもたちのためにあるんだからな。」

お父さんの目が、ふいにかがやきだした。お父さんはしずかにいった。「ぼくは幸せだよ。いま、この時に自分がドイツ人であることがね、ほんとうに。」

しんとなった。

ハインツが口を切った。「お父さん、この額《がく》、ありがとう。」

お父さんはさえぎった。「いいんだ、いいんだ！　さあ、行っておいで！　たのしくやっておいで！」

「すわれよ！」ギュンターのお父さんはぼくたちにそううながした。「ギュンターは肉屋へ屑《くず》スープをもらいに行っている。もう帰ってくるだろう。」

ギュンターのお母さんがぼくたちの方に椅子《いす》を押《お》した。

食卓《しょくたく》の上にはスープ皿《ざら》が三枚《まい》出してあった。一枚一枚、模様《もよう》がちがう。一枚は縁《ふち》が欠《か》けていた。ギュンターのお父さんは縁に小花模様《こばなもよう》のついた皿を前に、スプーンをもてあそんでいる。お父さんは無言《むごん》でぼくたちを見つめた。なにか考えているらしい。

ぼくはその視線《しせん》を避《さ》けて、コンロの上の壁《かべ》の棚《たな》においてある把手《とって》のないコップ三つをながめていた。

ギュンターのお母さんは調理戸棚《ちょうりとだな》の前でごそごそしていた。

やっと、ギュンターが帰ってきた。ギュンターはぼくたちにちょっとうなずいておいて、鍋《なべ》をお母さんにわたしながらいった。「もうちょっとしか残ってなかったんだ。肉屋のおじさんちにあるの、これっきりだって。この次はもっと早く来なきゃだめだって。」

お母さんは鍋《なべ》の蓋《ふた》をとってのぞくと、中身《なかみ》を二枚《まい》のお皿《さら》に分けた。三つ目の、縁《ふち》が欠《か》けたたまねぎ模様《もよう》のお皿は、棚《たな》にもどした。代わりにパン入れから黒パンをとりだし、それぞれに親指の厚さに一切れずつ切ってわたした。そして、自分の一切れを手に、お皿のない席にすわった。

お母さんはパンをちぎっては夫のスープに浸《ひた》して食べた。

ギュンターのお父さんが、またぼくを見つめた。視線《しせん》がぼくからハインツへ移り、息子《むすこ》に移った。そして、質問した。「これから、なにがあるんだ？」

ギュンターがちらりとぼくを見、返事をしないまま、スープをすくいつづけた。

「ぼくたち、ホームの飾《かざ》りつけをするんです。」ぼくはすすんでこたえた。「そうして……」

ギュンターがさえぎるようにおおげさな咳《せき》ばらいをした。

ぼくは口をつぐんだ。

ギュンターのお父さんは、低い、悲しそうな声でいった。「おまえたち、うちの息子《むすこ》をどうしてくれたんだ。おまえたちのドイツ少年団、おまえたちの総統《そうとう》！」お父さんは背《せ》をのばし、スプーンをいれたまま自分の皿《さら》を妻の方に押《お》しやった。

「やめて、お父さん。」ギュンターのお母さんがいった。なだめるように、夫のにぎりこぶしの上に手をのせている。「時代の流れなんだもの、わたしたちだって、がまんしてなんとかやってかなくちゃ。」

「がまんだと？」お父さんはいきりたった。「二、三年もしないうちに、おれたちの家族がめちゃめちゃにされても、おまえはがまんできるのか？」お父さんは立ちあがり、台所をうろうろ歩きだした。「おれは手をこまぬいている。おれの息子《むすこ》が『ジーク・ハイル！　ジーク・ハイル！*』なんぞとどなりおるのを、手をポケットにつっこんで、ただ見ているんだ。息子はそこらの茶色の犬どもにしごかれる。母親は息子のために食うや食わずだ。父親が犯罪人《はんざいにん》だから。反抗《はんこう》する元気もない犯罪人だからな。ヒトラーが犯罪人にしちまったんだ！」

　ギュンターはうつむいていた。お皿《さら》にくっつくほど深くうつむいていた。耳がまっ赤《か》になっている。

　ハインツは視線《しせん》を硬直《こうちょく》させていた。

　お父さんはお母さんの方にかがみこみ、熱心に、激しい調子で話しはじめた。「子どもらは、あいつのいろんな成功にうっとりしちまっている。ほんとうはあいつに破滅《はめつ》へと引きずりこまれていることに、気づかんのだ。こんなことがうまくいくはずがあるものか！　ヒトラーは軍隊をつくる。ヒトラーはラインラントを占領《せんりょう》する。ヒトラーは軍備《ぐんび》を拡張《かくちょう》する。ヒトラーは自ら《国防軍の最高司令官》になる。ヒトラーはオーストリアを併合《へいごう》してしまう。おそらく次にはズデーテン地方を獲《と》るつもりだろう。その次はオーバーシュレージエン*、それから西プロイセン*、メーメル*、北シュレースヴィヒ*、オイペン・マルメディー*、アルザス、ロートリンゲン*、そして最後にはあちこちの植民地《しょくみんち》、地球全土だ。どうなると思う？　おい、母さん、いったいどうなると思う？　こんなことを世界が黙《だま》って見ていると思うかい？　ヒトラーはわれわれを戦争に引きずりこむ！　母さん、戦争だよ！」

ギュンターのお母さんが夫の手首をつかんだ。「黙《だま》って！　やめてちょうだい！　この子たちのことを考えて！」

お父さんは深く息を吸《す》いこんでつづけた。「おれが口をつぐんだら、だれがこの子たちに教えてやるんだ、母さん？　この子たちに知らせてやらなきゃいかんのだ！　ヒトラーはこの子たちに幸せをもたらすのじゃなくて、不幸をもたらすんだということを知らせてやらなきゃいかんのだ！」

「お父さんっ！」お母さんが叫《さけ》んだ。「やめてっ！　少しは賢《かしこ》くなってくれなくちゃ！」

ギュンターのお父さんは苦痛にみちた笑いをうかべた。「賢くだと？　賢くなって、死の淵《ふち》へ転《ころ》がりこむのか！　おまえらはいつでも賢くふるまおうとする。その賢さで破滅《はめつ》へとつっ走《ばし》っていく。またおれを投獄《とうごく》するならしろ！　ああ、いいとも！　歌をうたいながら破滅へと行進していくのを、おれは見ておれんのだ。おれのギュンターが先頭に立って旗《はた》をふって……」

お父さんは両のこぶしで机《つくえ》をたたいた。顔がゆがみ、いまにも泣きだしそうになった。

「出ていけ！」

ハインツはもうドアのところに立っていた。

ギュンターのお母さんが息子《むすこ》とぼくを押《お》しだした。そして、すがるようにいった。「お願いだから、あんたたち、いまのこと、聞かなかったことにしてね。」

## 供出物資《きょうしゅつぶっし》

「ぼくたち三人でいっしょにやろう。」ハインツがいった。「みんなよりたくさん集められないか、やってみよう。」

ギュンターが空《から》の袋《ふくろ》をひとつ肩《かた》にかけて、きいた。「どこから始める?」

「一番地の建物《たてもの》から始めるのがいいよ。」ぼくが提案《ていあん》した。「そしてそのまま同じがわの家を訪ねながら通りの端《はし》まで行くんだ。そこで通りをわたって、こんどは反対がわの家を一軒《いっけん》一軒《いっけん》訪《たず》ねながらこっちへもどってくる。一軒一軒、どの階もみんな呼《よ》び鈴《りん》を押《お》してみるんだ。*」

二人がぼくを見てにやっとわらった。

「きみ、頭のいい子だね!」ハインツがぼくの肩《かた》をたたいた。そして、ぼくにも空《から》の袋《ふくろ》をひとつわたした。「まず自分の思うようにやってごらん。ぼくたちは見ているから……」

二人は最初の家のところまでついてきた。二所帯《にしょたい》で一軒《いっけん》の家だ。「さあ、始めろよ! ぼくたちは待ってるから。」そういって、向かいの家の庭先《にわさき》を囲った低い塀《へい》に腰《こし》かけた。

ぼくはなんとなく気が進まなかったが、自分で提案《ていあん》したことだ。とにかくけんめいにやってみるよりしかたがない。

ハインツとギュンターは空《から》の袋《ふくろ》を膝《ひざ》の上において、にやにやしながら後ろから見守っている。

ぼくは呼《よ》び鈴《りん》を押《お》して、待った。

こたえがない。

もう一度押《お》した。

だめだ。

いや、いる！　一階の窓《まど》のひとつでカーテンが動いた。

ぼくは、待った。

だが、開けてくれない。

長いあいだ、いたずらに待った。

「次の家に行けよ！　そうしないと、時間がたつばかりだよ！」塀《へい》に腰《こし》かけたまま、二人がいった。

ぼくはいわれたとおりにした。

隣《となり》の家もまったくおなじだった。呼《よ》び鈴《りん》が三つ、縦《たて》にならんでついている。——いい暮《く》らしをしている人たちが住んでいそうだ。

ぼくはいちばん下の呼《よ》び鈴《りん》を押《お》した。

ドアの向こうに足音が近づいてきた。

男の人が、ドアを開けた。

「ハイル　ヒトラー!」ぼくはまず挨拶《あいさつ》した。「あのー、ぼく……」

「おれはユダヤ人だ!」男は吐《は》きすてるようにそういうと、ドアをぴしゃりと閉めた。

次の家は、少なくとも六階あった。

「上から始めて下におりてくるようにしなくちゃ。」塀《へい》の上から二人が助言《じょげん》した。「そうしないと、建物《たてもの》のなかに入ることもできやしないだろ。」

ぼくはいちばん上の呼《よ》び鈴《りん》を押《お》した。

ジーッと音がして、ドアが開いた。*

袋《ふくろ》を脇《わき》にはさみ、ぼくは階段《かいだん》をのぼりにのぼって、息もたえだえ最上階《さいじょうかい》に着いた。

屋根裏《やねうら》に通じる階段のそばのドアでぼくを待っていたのは、あかんぼうを抱《だ》いたとても若い女の人だった。

あかんぼうが泣きさけんでいる。

「ベルであんたが起こしちゃったのよ！」女の人がなじった。

「ハイル　ヒトラー！」ぼくははあはあいいながら挨拶《あいさつ》した。なんとかしてちゃんと話をしようとけんめいになったが、ぼくの声が大きくなればなるほど、あかんぼうの泣き声も高くなる。

女の人はやっとのことであかんぼうをなだめて、泣きやめさせた。

「中古品《ちゅうこひん》の回収《かいしゅう》にきました。」ぼくは大急《おおいそ》ぎでいった。「なにか、出してくださるものはありませんか？　なにか、古くなったもの。」

女の人はわらった。「どこから古くなったものを探しだせばいいのよ。新しいものだってほとんどないのに。古新聞《ふるしんぶん》一枚《まい》あげられやしないわ。昨日《きのう》の新聞で、朝、火を焚《た》きつけるって毎日よ。」

ぼくはがっかりしてものもいえず、階段《かいだん》の手すりにもたれた。どうすればいいのかわからない。

「そうね、二階できいてごらん。家主《やぬし》さんが住んでるから。家主さんだったら、なにかあげられるんじゃないかしら。」女の人が元気づけてくれた。

ぼくはお礼をいい、お詫《わ》びをいい、もう一度お礼をいってから、階段を下りていった。そして、家主《やぬし》のドアのベルをおそるおそる、そっと押《お》した。

眼鏡《めがね》をかけた男がドアののぞき窓《まど》に顔を出した。「なんの用だね?」

ぼくはお願いの言葉を唱えた。

「中古品《ちゅうこひん》の回収《かいしゅう》か!」男は咳《せき》ばらいをした。「そういってやってくるのは、きみで少なくとももう十人目だ。先月には、うちの前庭《まえにわ》の鉄柵《てっさく》をへし折《お》ってもってった。きみたちがいうほど中古品があれば、おれが自分で商売をはじめるさ。総統《そうとう》は、チェコ人にぶっぱなす大砲《たいほう》がどうやって調達《ちょうたつ》されてるのか、知りゃあいいんだ。おれは出してやれんね。お気の毒《どく》さま! おれはバターを食べてるほうがいいよ!*」そして、のぞき窓《まど》をばたんと閉めてしまった。

「どれだけ集まった?」塀《へい》の上から二人がぼくのからっぽの袋《ふくろ》を指さして、たずねた。

「うまくいかないんだ!」ぼくはしょんぼりしていった。

「きみ、いままでに何回やったことあるの?」ハインツがたずねた。

「まだ、いっぺんも!」ぼくは白状《はくじょう》した。

「そうじゃないかと思った!」ハインツがいった。「いいかい、きみのいうとおりやってたら、どうなると思う? どこかで、たとえば三十七番地とかで、道ばたの石にへたってしまうのがおちだ。袋《ふくろ》のなかはからっぽも同然。もう一歩も歩けない。うちに帰ったら、階段《かいだん》の手すりにすがってよじのぼる……」

ギュンターがわらった。「そうだよ！　まるっきり別のやりかたでやってみよう。さあ！」

ぼくたちは街《まち》の中心部へ行った。

「はじめにあの製鉄屋《せいてつや》へ行こうか？」大通りにくると、ギュンターがハインツをふりかえって、線路の向こうの陰気《いんき》な店《みせ》を指さしていった。

「だめだめ！　ああいうのはみんながまず行くところさ。」ハインツは反対した。そして、ぐるりを見まわした。「あの文房具屋《ぶんぼうぐや》へ行ってみよう。」

「文房具屋へ古鉄《ふるてつ》を探しにかい？」ぼくはおどろいた。

ハインツはうなずいた。「そうさ、だからだよ！──きみ、きみはちょっと黙っていてくれな。」

ぼくたちは店《みせ》に入っていき、帳場《ちょうば》の女の人のまえに並んで立って、挨拶《あいさつ》した。

お願いの文句《もんく》は、ハインツがいった。

「あら、うれしいわ。うちへも来てくれたのね！」女の人はよろこんだ。「地下室にまだちょっとしたものがあるの。」そして帳場《ちょうば》を別の人に任《まか》せておいて、ぼくたちについてくるよう、うながした。

地下室には、古い鉛筆の箱や、錆《さ》びた鉛筆削《けず》りや、へこんだ貯金箱《ちょきんばこ》や、使えなくなった旅の記念品などが山と積まれていた。みんな、ブリキか鉄製品だ。

ぼくたちは夢中《むちゅう》になってそれらをぜんぶ袋《ふくろ》につめこんだ。

「むりをしちゃだめよ！」女の人が注意した。

袋《ふくろ》は一つが口までいっぱい、そしてもう一つが半分くらい入った。

「古紙《こし》は、残念だけど、ないの。再生紙用《さいせいしよう》にみんなわたしてしまうから。」女の人は気の毒《どく》そうにいった。

ハインツは、これでもう十分《じゅうぶん》だということをしきりに強調《きょうちょう》して、袋《ふくろ》をギュンターとぼくの肩《かた》にかつがせた。それからぼくたち三人を代表してお礼をいい、次の機会にまた来ることを約束した。

地下室から店にあがると、女の人はぼくたちみんなに新しい色鉛筆を一本ずつくれた。

「今日のところは、これで十分《じゅうぶん》だね。」ギュンターが満足げにつぶやいた。

ぼくたちは次の市電の停留所《ていりゅうじょ》まで袋《ふくろ》をさげていき、待合客《まちあいきゃく》のためのベンチに腰《こし》をおろして休んだ。

ハインツが重い袋《ふくろ》の口をあけた。

いちばん上に、マッチ箱の外ケースがいっぱいあった。みんな、ヒトラーの絵が彫《ほ》りつけられている。ほとんどが、ひどい錆《さび》のきたものだった。

ハインツはまだよさそうなのを三つさがしだした。「これ、磨《みが》けば、いい記念になるよ。」

## ノート

「きみもその場にいたのかい？」ハインツがたずねた。

「うん、そうなんだ！」ぼくはうなずいた。

「どこだい？」ハインツはさらにたずねた。

「ちょっとだけさ。――見習《みなら》い工の寮《りょう》。」

「なぜだよ？」

「それが、わかんないんだ！」ぼくは白状《はくじょう》した。「はじめはただ見てたんだよ。それなのに、気がついたら現場のどまんなかにいたんだ。どうしてそうなったのか、わかんない。」

ハインツはため息をついた。「きみたちのやることったら！　なさけないなあ！――きみ、きみんちの上に住んでいるあの子と友だちじゃなかったのかい？」

ぼくはうなずいた。

「それなのに、のこのこついていって、あの人たちの家財《かざい》を壊《こわ》したりしたのかい？」

「それはしなかったよ！」ぼくはいいはった。

「だけど、きみ、いっしょにやったんじゃないか！」ハインツがなじった。

「ぼくも、やったよ！」ギュンターがいった。

ハインツはぎょっとして、ギュンターを見つめた。「きみも？」

ギュンターは肩《かた》をすくめた。「しなくちゃしようがなかったんだ！」

「だれがしなくちゃならなかった？」ハインツはいきりたった。「しなくちゃならなかったものなんて、いないよ！」

「ぼくはむりやりやらされたんだよ！」ギュンターがいいかえした。

「だれに？　ユダヤ人にかかっていけって、だれにむりじいされたんだ？」ハインツは怒《おこ》った。「きみたちはしてはいけなかったんだ！」

「どうしてだい？」

ハインツは一瞬《いっしゅん》ためらった。そして、うつむいた。「ドイツ少年団とヒトラー・ユーゲントは参加しないことに決まってたんだ。」小声《こごえ》でいった。

「決まってた?」

「うん、決まってた。」ハインツはうなずいた。

「あれは自然に起こったことじゃないのかい? ――市民の怒《いか》りとか、そんなことじゃなかったのかい?」ギュンターがおどろいてたずねた。

「そうじゃないんだ!」

「だけど、ゲッベルス*はそういいはったじゃないか!」ギュンターが考え考えいった。

「ちがうんだよ!」

ほとんど聞こえないほどの声で、ハインツは漏《も》らした。「ぼく、偶然《ぐうぜん》、おやじがそのことで電話しているのを聞いたんだ。」

「あとでかい?」と、ギュンター。

ハインツは首をふった。「まえなんだ!――おやじは、ユダヤ人の家や店《みせ》のリストをつくらされたんだ。」

ギュンターがハインツにつめよった。「それでいて、きみはぼくたちにまえもって忠告《ちゅうこく》してくれなかったのかい?」ギュンターはさっと背《せ》をむけた。「それでも友だちなのか?!」口のなかでいった。

ハインツが顔をあげた。「ぼくがおやじを危険《きけん》にさらすなんてこと、できるかい？」

だれも、言葉がつげなかった。

しばらくして、やっとギュンターが、かすれ声で、とぎれとぎれに話しはじめた。「学校からの帰りみちだった。新しい算数のノートがいったから、アブラハム・ローゼンタールの店によった。階段《かいだん》をおりて半地下《はんちか》のあの小さな店《みせ》にいったら、ドアが閉《し》まってる。ノックしたけど、なんのもの音もしない。

それでぼく、もっと大きな音をたてて、ノックした。

そしたら、商品ケースのかげからあのひげのおじいさんが顔を出した。

ぼくが手で合図《あいず》したら、おじいさんはぼくだってわかって、そうっとしのび足で店《みせ》の奥から出てきて、ドアを開けてくれた。『なんだい？』おじいさんはきいた。

『算数のノートをください』っていうと、おじいさんは首をはげしくふって、『お帰り！』って、ドアを閉めかけた。

ぼくはドアのあいだに足をはさんで、『どうしたの？ ぼく、算数のノートがいるんだよ』って、いった。

そしたら、おじいさん、ドアを開けて、店のなかへもどっていった。ぼくもついて入って、ドアを閉《し》めた。

おじいさんは固い表紙のついた分厚《ぶあつ》いノートをとりだした。ぼくが『ちがうよ、それじゃないの。ぼく、そんなにお金もってないから、うすいのを出して』っていったんだけど、おじいさん、ぼくの手にそのノートをもたせて、店《みせ》から押《お》しだそうとした。『これ、あげるから！さあ、お帰り！』って。

ぼくは、おじいさん、気がへんになったのかなって思った。ぼく、お金を出して机《つくえ》の上においた。

そのときだった、みんなが来たのは。わあわあ叫《さけ》びながら押《お》しよせてきたんだ。

おじいさんは棚《たな》のかげにかくれた。

ドアがふっとんで壁《かべ》にあたった。

ガラスが飛び散った。

ぼくはふりむいた。

だれかがぼくの手からノートをもぎとって、ぼくの顔を殴《なぐ》った。『なんだ、このろくでなし！　おまえ、ユダヤ人の店《みせ》でものを買うのか！』そうどなりつけた。

あっと思ったときには、小さな店は人でいっぱいだった。

一人がおじいさんのあごひげをつかんでふりまわしている。そして、どんと棚《たな》にぶつけた。背中《せなか》が棚にあたって、棚のものがみんな落ちた。

ぼくを殴《なぐ》ったやつが、チョコレート金貨《きんか》の入った大きなガラスびんをぼくに押《お》しつけた。

ぼくはそれをもったまま立ちすくんだ。

『投げつけてやれ!』男はぼくに命令した。

でも、ぼくはしなかった。

ひげのおじいさんはちょうどぼくとむかいあって立っていて、ぼくをじっと見つめていた。

みんなが十字架《じゅうじか》にかけるみたいにおじいさんの両腕《りょううで》を棚《たな》にぐいぐい押《お》しつけてるんだ。

『それを、やつの足もとにぶちまけてやれ!』さっきの男がまた命令した。

ぼくはガラスびんをしっかりだきしめた。

別の男がぼくの後ろにまわっていった。『よし。おれが三つかぞえる! ひとつ! ――』店のなかがしんとなった。みんながぼくを見ている。

『ふたつ! ――』

みんなが押《お》しあいへしあいしている。ぼくとユダヤ人のおじいさんのあいだだけ、空《あ》けて。

『みっつ!』

ぼくはガラスびんをだいたままだった。

だれかがぼくの尻《しり》をけった。『こいつ、やれったら、やれ！』

すると、ひげのおじいさんがぼくにうなずいた。

ぼくはおじいさんの足もとに、ガラスびんを投げた。

ガラスの破片《はへん》がぼくのすねにまで飛び散った。チョコレート金貨《きんか》が店《みせ》じゅうにばらまかれた。

みんなが歓声《かんせい》をあげた。それから、紙やらお菓子《かし》やら、引きずりおろして踏《ふ》みにじった。インクびんを割《わ》って、おじいさんのひげをべとべとに青くする。ノートを引きちぎる。うすいのも、分厚《ぶあつ》い算数のノートも。

一人がぼくのうなじを殴《なぐ》って、どなった。『とっとと消えちまえ！』

だけど、出られないんだ。

おおぜいの物見《ものみ》だかい人が階段にびっしりつめかけてて、なかをのぞいているんだもの。

ああ、あの光景がまだ見えるよ。一人がおじいさんの胃《い》のあたりを、どんと一発どついたんだ。ユダヤ人のおじいさんはへたへたと倒《たお》れた。

何人かがおじいさんを店から引きずりだして階段《かいだん》をあがった。そうしておいて、逃《に》げていった。

ほとんどの人はそのあとについて行ってしまった。

ぼくはかがんであのノートを探したけど、見つからなかった。

残った人たちが四、五人、紙やらなにやら、手あたりしだいに道にばらまいていた。それから、ぼく、家に帰ったんだ。」

## 一九三九年〔十四歳《さい》〕

### ヒトラー・ユーゲント

ぼくは新しい小刀《こがたな》を磨《みが》いた。刃に刻《きざ》まれた《血と名誉《めいよ》》*ということばがくっきりと浮《う》かびあがった。つづいて黒い柄《え》に彫《ほ》ってあるHJという印《しるし》も光らせた。

ほかの団員は小声《こごえ》で話しあっていた。

ギュンターはハインツの隣《となり》の席にすわっていた。新しい赤と白と赤の腕章《わんしょう》をしきりにひっぱったりまわしたりしている。ギュンターの服には、腕章の下にこれまでの勝利の印をつけてあった跡《あと》が白っぽい型《かた》になって残っていて、それがともすれば見えるのだ。ギュンターはやっきになって腕章を正しい位置にひっぱった。

「三か所をしっかり縫《ぬ》いつけなきゃだめなんだよ。」ハインツが助言《じょげん》した。「そうしなきゃ、どうしたってずりおちるさ。ぐるぐるまわってハーケンクロイツが内がわになったりもするし。」

ギュンターはうなずいた。「うん、おふくろに縫《ぬ》ってもらうよ。肩章《けんしょう》のボタンもつけてもらわなくちゃ。」

おや、というようすでハインツはギュンターの肩章を引っぱった。「これ、なにでつけてあるんだい？」

「安全ピン」ギュンターがこたえた。

そのとき、ドアが開いた。

みんな、はっとして顔をあげ、口をつぐんだ。

まず、香りが流れこんだ。

ぼくたちはびっくりして鼻《はな》をひくひくさせた。

香りにつづいて、金髪《きんぱつ》の分団長がちょこちょこと入ってきた。

オーデコロンの香りが部屋の隅々《すみずみ》にまでひろがった。

からだをくねくねさせ、ちょっと踊《おど》るようなかっこうで、その分団長はハインツの方に近寄《ちかよ》っていった。一筋《ひとすじ》の乱《みだ》れもない髪《かみ》の毛、ほこりひとつついていない制服、ピカピカの靴《くつ》。まるで女の子のようにきゃしゃな手をハインツにさしだし、奇妙《きみょう》にやわらかな声で、いった。

「ドイツ少年団のきみの分団員がそろってぼくたちのヒトラー・ユーゲントに入団してくれ

たんだね。きみと近づきになれて、うれしいよ。ヒトラー・ユーゲントでは優秀《ゆうしゅう》な指導者《しどうしゃ》が必要とされているんだ。」

ハインツは無言《むごん》のままだった。

いい匂《にお》いをぷんぷんさせて、分団長はにこやかに全員を見まわした。「りっぱな少年たちをつれてきてくれたね。」分団長はちょこちょことした足取《あしど》りで、いちばん前の列にそって歩いた。そして、すわっているぼくたち一人一人の頭をなでて、またいった。「うん、ほんとうにりっぱな少年たちだ。」ふとっちょのところにくると、あごに手をかけてもちあげた。

「友だちになろうね。」ビロードの手ざわりにも似《に》た声でそういうと、分団長は爪先《つまさき》でくるりと一回転した。

ふとっちょは分団長の視線《しせん》をまともに受ける形になった。

ぼくたちは黙《だま》ったまま、あっけにとられて顔を見合わせた。

すると、またドアが開いた。

いよいよ新しい団長のご入場だ。

「気をつけーっ！」

ぼくたちははじかれたように立ちあがった。

分団長が報告した。

団長はハインツには目もくれず、声もかけず、分団長にその報告をねぎらっただけで、みんなをすわらせた。

ぼくたちは、団長を見、分団長を見、また団長を見て、待った。団長が咳《せき》ばらいをした。「ヒトラー・ユーゲントでは、多くのことが様変《さまが》わりするぞ。いいか。」はじめのことばも挨拶《あいさつ》もなしに、切りだした。「第一に、おまえたちはもはやピンプではない。ヒトラーの少年だ。総統《そうとう》のお名前をいただいた少年となったのだ。第二に、それはすなわち、これまでよりもずっと重い義務を負うということである。常に、またどこであれ、なぜ総統がきみたちを選ばれたのかを身をもって示さねばならない。子どもじみたあそびは今日をもって終わりだ。第三に、ヒトラー・ユーゲントの任務《にんむ》はおまえたちが将来つく軍務にむけてその準備をすることにあるとおれは思っておる。オストマルク、ズデーテン地方、メーメル地方の奪還《だっかん》、ならびにチェコスロヴァキアの崩壊《ほうかい》でもって、大ドイツ帝国《ていこく》およびヨーロッパの再建《さいけん》は終わったのではないんだ。第四に、以上の任務をとどこおりなくはたすためには、熟練《じゅくれん》した指導者がいなければならない。おまえたちのなかのこれまでの指導者がそのまま採用《さいよう》されるかどうかは、まず実際の任務でその能力が実証《じっしょう》されたうえでのことだ。第五に、仕事をもっているものや見習い工や生徒からなるヒトラー・ユーゲントの構成《こうせい》からして、任務を行なう時間はこれまでとはちがってくる。ヒトラー・ユーゲントの任務は主として夕方と日曜日だ。第六に、日曜日はヒトラー・ユーゲントの任務のためにある。教会に行くための日ではない。おまえたちは世間《せけん》の偏見《へんけん》を打破《だは》するに十分《じゅうぶん》な年齢《ねんれい》であるはずだ。第七に、おれはおまえたちに総統《そうとう》にたいする無条件の忠誠《ちゅうせい》を求める。ユダヤ人であれ、ボルシェビキであれ、坊主《ぼうず》であれ、そのほかなんであれ、総統の敵《てき》はすなわちおまえたちの敵だ。第八に、おれはおまえたちに、国家社会主義の思想《しそう》を全面的に信奉《しんぽう》することを要求する。総統のことばは、掟《おきて》であり、啓示《けいじ》なのだ。第九に、おれはおまえたちが、総統のため、民族のため、国家のために、自らの血と命を投げ出す用意のあることを要望する。ヒトラー・ユーゲントであるということは、英雄《えいゆう》であることなのだ。第十に、第百に、第千に、服従《ふくじゅう》、服従、無条件の服従だぞ。」

ぼくはまだまだつづくものと覚悟《かくご》していた。が、数えあげるのは、そこで終わりだった。

「起立《きりつ》!」団長の声がひびきわたった。「『進め!』」

進め! 進め! ファンファーレは高らかに

われら　ユーゲント　危険《きけん》も　ものかは
たとえ　われらが　斃《たお》れても
ドイツよ　おまえは　永久《とわ》に輝《かがや》く
進め！　進め！　ファンファーレは高らかに
われら　ユーゲント　危険も　ものかは
いかなる　高き　目標《もくひょう》をも
達成《たっせい》せずに　おくものか
はためく　旗《はた》を　先頭に
未来に　むけて　進むのだ
ヒトラーのために　行進だ
闇《やみ》も　苦難《くなん》も　なんのその
自由のために　パンのために
われらが　旗は　ひるがえる
われらが　旗は　新しい時
われらが　旗は　永久《とわ》の導き

おお　死よりも尊し　われらが旗よ＊

ヒトラー・ユーゲントとしての最初の行事が終わった。

帰りみち、ぼくはいった。「ぼく、ヒトラー・ユーゲントは好きじゃないな。」

「ぼくもだ！」ギュンターがなんのためらいもなしに、相槌《あいづち》を打った。「ぼくも好きじゃない！」

ハインツは考えに沈みながらぼくたち二人のあいだを歩いていた。視線《しせん》を硬直《こうちょく》させている。

ギュンターの家の台所でお父さんの話をきいたときとおんなじだ。だいぶ長いあいだ黙《だま》ったまま歩いていたが、やがてぼくたちを見もせずに、低い声でいった。

「なんとか、慣《な》れるように努力しなくちゃいけないよ。」

## 野《や》営《えい》で

荷物が重い。

もう二時間も、山を登ったり降りたり、藪《やぶ》をぬけたり農場を迂《う》回《かい》したり、暗闇《くらやみ》の野外《やがい》を歩きつづけているのだ。

「囲いや通行止めがこんなにあるなんて！　まえはこんなじゃなかったんだがな。」ハインツがつぶやいた。

「道に迷ったんだよ。」ふとっちょはいまにも泣きださんばかりだった。

「そうじゃない！」ハインツは断固《だんこ》としていった。「道はまちがってやしない。それは安心していい。まもなく着くはずだ。」

ぼくたちはぶつぶついいながら、足をひきずっていった。

「こんなとてつもない行軍《こうぐん》を思いついたのは、いったいだれなんだ。夜中まで歩かされるなんて！」だれかが、がみがみいった。

「ぼくだよ！」ハインツがこたえた。「行軍自体《こうぐんじたい》は問題ない。地図どおりだと五時ごろには到着《とうちゃく》するはずなんだ。だけど、二十ぺんもほかのやつらに道をゆずって先に行かせてやらなきゃならなかったんだから、どうしようもないだろ、え？」ハインツは自らを弁護《べんご》した。

「そうさ！」ギュンターが鼻《はな》から太い息《いき》を吐《は》きながらいった。「しかも、それがみんな資材《しざい》の運搬《うんぱん》なんだからな。セメントの袋《ふくろ》やら鉄棒《てつぼう》やらをいっぱい積んだ車。セメントのほうがぼくたち人間よりも大事なんだろうか？」

だれもこたえない。

石ころ道をつまずきつまずき、ぼくたちは小高《こだか》い丘《おか》によじのぼっていった。星ひとつ出ていない。あたりは真《しん》の闇《やみ》だ。

「くそっ！」ふとっちょがののしりだした。「農家の人たち、トラクターで走りまわって、道という道をぜんぶだめにしちまうんだからな。」

「どうも解《げ》せない。」ハインツが首をかしげた。「去年はこのあたりずっと、牛車《ぎゅうしゃ》以外の乗り物なんて通らなかったんだがな。」そして、懐中電灯《かいちゅうでんとう》をつけてみた。「だけど、これは牛が引っぱる収穫車《しゅうかくぐるま》のわだちじゃない。」

また、みんな黙《だま》りこんだ。一人一人、前のものにぴたりとついて進んでいく。ふーっという鼻息《はないき》、カタカタとものがすれあう音、深く吐《は》きだすため息。ほかはなんのもの音もしない。

「ああ、疲《つか》れた！」一人が音《ね》をあげた。

「もうちょっとだ！」ハインツがなぐさめた。

ふいに、行軍《こうぐん》が止まった。

「ここだ！」先頭でハインツが宣言《せんげん》した。そして、自分の荷物を地面に投げおろした。

ふとっちょがぐるりを見まわして、皮肉《ひにく》った。「すばらしい見晴らしだな！」

「さあ、急ごう！　テントを張って、すぐ寝《ね》よう！」ハインツがみんなにいった。

「わらはどこからもってくるんだい？」一人がきいた。

「そんなもの、ないさ。」と、ギュンター。「なくてもいいよ、寒くないから。毛布にくるまればだいじょうぶだ。わらはあした探してこよう。いまはとにかく寝たいな。」

「なんだ、これ！　農家の人たち、化学肥料《かがくひりょう》をまいたらしいな！」ハインツが懐中電灯《かいちゅうでんとう》で地面を照《て》らしてみて、腹をたてている。「一面、白い泥《どろ》だらけじゃないか。だけど、もういやだ。これ以上歩くなんて、もういやだ。──ここ、ここらへんは、まだましだよ。」ハインツはみんながその明かりで作業ができるように、懐中電灯を地面に立てた。そして、ぼくにいった。

「きみとギュンターとぼくで三人用のテントを張ろう。さあ、きみのテントを出してくれ！」

ぼくは手さぐりで荷物をあけた。

ほかのものたちも、せっせと支柱《しちゅう》を立《た》て、テント布のボタンをかけている。

ふとっちょはぶつぶついいながらも、早くも杭《くい》を地面に打ちつけている。

「排水溝《はいすいこう》を掘《ほ》らなきゃなんないかな？」闇《やみ》のなかから声がした。

「雨が降らないように、祈《いの》るんだな！」ギュンターがこたえた。「さあ、あとのことはみんな、あしたにしよう。」

暗いなかで道具のふれあう音がきこえる。

「ぼくの上着をテントのなかにけりこんだのは、どこのどいつだ？」だれかがわめいた。

「そこのそいつだろ！」声がこたえた。

それっきり、静かになった。押《お》しころした声でいう、愚痴《ぐち》、つぶやき、金具のぶつかりあう音があちこちでするだけになった。

「ぼくたちのテント、設営終了《せつえいしゅうりょう》！」ふとっちょが報告した。

「よーし！　寝《ね》ろ！」ハインツの命令がとんだ。

「見張りはどうする？」と、ふとっちょ。

「みんなが了承《りょうしょう》するなら、今夜は例外として見張りはなしにしよう。この暗闇《くらやみ》じゃあ盗《ぬす》みにくるものなんていないよ。荷物はテントのなかへもって入ればいいし。」

反対するものはいなかった。一人、また一人とテントのなかへもぐっていった。

最後に、ハインツが懐中電灯《かいちゅうでんとう》をもって入ってきた。ギュンターはもうとっくに寝入っていた。


テント全体が揺《ゆ》れた。

目が覚《さ》めた。

「きみ、杭《くい》はしっかりと打ちこんだのかい？」ギュンターがねぼけまなこでたずねた。「牛が『こんばんは』っていいにきたらしいね。」

入り口の隙間《すきま》から、でっかい頭がぬっと押《お》し入《い》ってきた。つるつる頭だ。

「うへっ、お月さまがおいでなすった！」ギュンターが仰天《ぎょうてん》して声をあげた。

「おい、おまえらっ！」はげ頭が雷《かみなり》のような声を発した。「どうやってここへやってきたんだ、え？」

ハインツが毛布からねむそうな顔をのぞかせた。「くわしく知りたいんだったらいうけどね、お船で来たの。《ブレーメン》でお船で、きのう、空を飛んできたんです。」

はげ頭は冗談《じょうだん》を受けつけなかった。「ふざけるな！——さっさと立ちのくんだ！」

「どうして？」ギュンターがきいた。

「ここは立ち入り禁止《きんし》じゃないか！」男はどなった。

「だれが禁止にしたんですか？」

「総統《そうとう》よ！」はげ頭がこたえた。「軍の最高指揮官《さいこうしきかん》だ！」

「総統がここに土地をもっていたなんて、知らなかったな。」ギュンターはあくびをし、またごろりと横になった。

はげ頭はいきりたった。

テントが倒《たお》れんばかりに揺《ゆ》れた。

「まえにもここでテントを張ったことがあるんです。張ってもよかったんです!」ハインツが口をはさんだ。

男は意味ありげにわらった。「まえにはな。——しかし、いまはだめなんだ! 時代が変わったんだよ! さあ、出てけっ! 荷物をまとめて、とっとと行っちまえ! すぐにだ!」

はげ頭がひっこんだ。

「あいつ、おかしいよ!」ハインツが小声《こごえ》でいった。「ぼくはもう三年もつづけてここにきてるんだ。ここは国有地《こくゆうち》だよ。森林官《しんりんかん》はいつだってちゃんと承知《しょうち》してくれた。ぼく、その森林官をよく知ってるんだ。だけど、あんなはげ頭はいなかった。いままでここで会ったことない。」

はげ頭がほかのテントでもどなっているのが聞こえた。

と思ううちに、ふとっちょのくしゃくしゃになった髪《かみ》の頭がテントの入り口に現れた。「いいところへつれてきてくれたもんだね。まったく、もう! ふん、なんていいところなんだ!」ふとっちょはいやみたっぷりにいった。

ギュンターのコップが飛んだ。テントの隙間《すきま》から声に目がけて投げたのだが、もう消えたあとだった。

ぼくたちは毛布をはいだ。

ギュンターがまっ先にテントから頭を突きだした。そして、すぐに、ひっこめた。ぎょっとした表情で、ぼくたちを見つめた。「ぼくたち、どこへやってきたんだい?」

みんな、大急ぎで毛布をけとばして、テントから這《は》い出た。

外に待っていたのは思いがけない光景だった。

ぼくたちがテントを張ったのは、大きな建築現場《けんちくげんば》のどまんなか、そこだけほんの少しまだ緑が残ったところだった。山積みになった板、たくさんの作業小屋、セメント袋《ぶくろ》でいっぱいの倉庫、膨大《ぼうだい》な量の金網《かなあみ》などに、ぐるりをとりかこまれている。

「うーん、だけど、こんなもの、去年はぜんぜんなかったんだけどな!」ハインツがおどろいていった。

はげ頭がまだいて、両手を腰《こし》にあててテントのあいだにつっ立っている。「去年か。」はげ頭が説明しはじめた。「去年はここに、西部要塞線《せいぶようさいせん》*なんてもの、まだできていなかったさ。」

ぼくたちがまるできょとんとした顔をしているので、腹《はら》だちが少しおさまったらしい。「それにしても、おまえらがどうやってここまでの道をみつけてきたのか、おれには理解できんのだがな。まあこっちへ来てみろ！　こっちへ来て、見てみろ！」

顔も洗わず、髪《かみ》もとかさず、しわくちゃになった服のままで、セメントのほこりにまみれながら、ぼくたちはためらいがちにはげ頭についていった。

道はトラック一台がとおれるきりの幅《はば》しかなかった。わだちの跡《あと》がある道の両がわは急な斜《しゃ》面《めん》で、五メートルから十メートルもの深さの堀《ほり》になっていた。堀の底がところどころすでに鉄《てっ》筋《きん》コンクリートで固められている。広大《こうだい》な建築現場《けんちくげんば》のまわりは背の高い板塀《いたべい》で囲われ、入り口だけが空《あ》いていた。そこに歩哨小屋《ほしょうごや》があった。小屋に、《立ち入り禁止区域・立ち入り厳重禁止！》と書いた札《ふだ》が立てかけてあった。

「どうして、歩哨《ほしょう》はぼくたちを黙《だま》って通したんだろう？」ハインツが考えこんだ。

はげ頭がつるつるの頭を掻《か》いた。「そうなんだ、それだよ。ちょうどそのとき、わがはいはちょっくら居眠《いねむ》りをしておったんであろうな。」

ぼくたちは大わらいした。

はげ頭も、いっしょになってわらった。

テントをたたんでいるとき、ギュンターがきのうの疑問《ぎもん》がやっと解けたというように、いった。「なんであんなにセメントばっかりどんどん運んでたのか、少なくともそれだけはわかったな。」

暗くなってきた。

ほかのものはもう横になって眠っていた。

ぼくたちはまだテントの前に腰《こし》をおろしていた。

ハインツが灰《はい》をつつきながら、いった。「ここのほうが、あの下よりいいよ！」

「見晴らしがいいよね。」ぼくが賛成した。

「うん。ここから見ると、建築現場《けんちくげんば》が七つ見える。」ギュンターがいった。「立ち上がったら、八つだ。」

それから、ぼくたちは黙《だま》りこんだ。

濃《こ》い藍《あい》いろの空に、一番星がかがやきはじめた。ぼくは靴《くつ》の紐《ひも》*をといた。

ハインツは杖《つえ》をわきに捨《す》て、ぼんやりと視線《しせん》を遠くに投げている。

「わかんないな。」ふいに、ギュンターが低い声でいいはじめた。「なにもかも、ぼくには好きになれないんだ。――ほんとにたのしいと思ったことなんて、いっぺんもない――はじめっから。ドイツ少年団のときも、ヒトラー・ユーゲントになってからも。――ヒトラー・ユーゲントになってからは、ほんとにいやだな。」

そこまでいって、また黙《だま》った。

ハインツはギュンターを横からじっと見つめている。そっと脚《あし》を立てて、ことばのつづきを待っている。

しばらくして、ギュンターがふたたび口を開いた。「もし自発的《じはつてき》にというんだったら、ぼくは決してきみたちの仲間にはならなかった！——あのとき、そうしなきゃならなかったから入団したんだ！——きみたちが強制《きょうせい》したから。つらかったよ。——きみたちの言うこと、考えることと、なにもかも、ぼくにはなじめなかった。ぼくには、遠い、ぜんぜん別のことだった。——きみたちと一体だと感じたことは、いっぺんもない。」焼けこげた杖《つえ》をとって、ゆっくりと、じつにゆっくりと、地面にハーケンクロイツを描《か》いた。それを、大きな丸で囲んだ。それから、ものすごい勢いで両方ともくしゃくしゃに消し去った。

ハインツとぼくは無言でいた。

だいぶ長いあいだそのままだった。やがて、また、話しはじめた。ギュンターの話は、ぼくたちにというより、むしろ自分自身のために考えを模索《もさく》しているようだった。「ぼくは、いっしょになってくだらないことをいいあってきたし——いっしょにやりもした。——ときどき、

――めったになかったけど、――ほんのときたま、ほんとにおもしろいと思うこともあったさ！　一時間とか、その日の午後じゅうとか、そのくらいしかつづかなかったけど、たのしいと思った。でも、たいていは、ひどい、地獄《じごく》のことのように思えたよ、ぼくには。みんなに唾《つば》を吐《は》きかけてやれれば、と思ったさ。だけど、そのたびにぼくはおやじのことを考えなきゃならなかった。」ギュンターは口をつぐんだ。体をふるわせている。

ハインツが両腕《りょううで》で脚《あし》をかかえこんだ。

ぼくは足をそっと灰《はい》の方へのばした。

いつのまにか、すっかり暗くなっていた。

ギュンターは杖《つえ》をふりあげたりふりおろしたりしはじめた。「そう思いながら、ほんとうのところ、ぼくにはわからないんだ、なんでぼくがきみたちにこんなになじめないかが。――考えてみるんだけど、わからない。きみたちはほんとにへんだよ。ぼくとはぜんぜん別の人間みたいだ。――なんか、こう、冷たくて。きみたちは、話しあって、計画して、実行に移していく。――きみたちはいつでも、そして、なんにでもすごく自信がある。確信をもっている。――そんなきみたちが、ぼくにはわからない。――わかっているのは、ぼくはきみたちの仲間じゃないってことだ。」

ギュンターはなにかを探すように灰《はい》のなかに視線《しせん》をすべらせていた。やがて、手にもった杖《つえ》で線を引いた。一本、また一本。——そして、足で踏《ふ》みにじって消した。

火は、ほんのところどころで光っているだけになった。

ハインツはあごを膝《ひざ》にのせ、遠くを見つめている。じっと耳をそばだてているのがわかる。

突然、ギュンターがハインツに視線《しせん》をむけた。「ぼくがいっしょにしたのは、ただきみがいたからなんだ、ハインツ。きみは、しっかりした、信頼《しんらい》のおけるやつだ。きみはぼくより年上だ。ぼくより賢《かしこ》くて、有能《ゆうのう》だ。ぼくはいつもきみにあこがれた。すばらしいと思った。友だちになりたかった。きみを信頼したんだ、ハインツのすることがまちがっているはずはないって!」

ハインツはみじろぎもしなかった。

ギュンターはまた視線《しせん》を地面に落とした。

ぼくは動きもならず、じっとしていた。

灰《はい》がほとんど黒くなった。

月は出ていなかった。あたり一面、墨《すみ》をながしたような闇《やみ》だった。星がいくつか、遠くで、ぼくたちとはなんの関係もないように、またたいていた。

小鳥がひと声するどく鳴いて、静けさをやぶった。

「ぼくのおやじはまちがっていなかったと思う。きみたちはただ権力《けんりょく》がほしいんだ！　そして、ぼくたちみんなを戦争に駆《か》りたてている！　おやじはずっとそういいつづけてきた。」泣かんばかりの声になって、ギュンターはいった。「それなのに、きみは、ハインツ、きみは……？」ギュンターはさっと立ちあがった。灰《はい》のなかに足を踏《ふ》みいれ、最後の火を踏み消した。ズボンのポケットから、総統《そうとう》の肖像《しょうぞう》を彫《ほ》りこんだケースに入ったマッチ箱をとりだした。マッチ箱をぬきだし、ケースをむちゃくちゃにいためつけた。こわれたケースを、坂の下めがけて投げすてた。

そのとき、ハインツがはじめて頭をあげた。「ぼく、うん、ぼくは！――だけど、ぼく、どうすればいいいんだい？」

## プラン

脚《あし》を組んで、ぼくたちは机《つくえ》に腰《こし》かけていた。

ハインツはおちついて話していた。「ポーランドはわれわれをそそのかしつづけた。われわれはやむなく立ちあがったんだ。わが偉大《いだい》なるドイツ帝国《ていこく》の正当性《せいとうせい》を否定《ひてい》することはだれにもできないのだということを、われわれは示さなければならなかった。ポーランドは十八日間で征服《せいふく》された。フランスやイギリスはポーランドと同盟《どうめい》を結んでいたから、われわれがポーランドに進軍《しんぐん》したとき、われわれに宣戦《せんせん》を布告《ふこく》せざるをえなかった。だけど、いまは？　ポーランドはもう存在しないんだ。われわれがその半分を占領《せんりょう》し、もう半分はソ連が取った。もはや存在しない国ポーランドに、イギリス人やフランス人をいまも結びつけているものはなんなのか。総統《そうとう》はイギリスやフランスに対して寛大《かんだい》な平和条約の申し出をされた。さしだされた手を、かれらはなぜにぎらないのだろう？」ハインツはちょっとことばを切って、ぼくたちを一人一人見つめた。「答えをいおう。かれらは平和を望んでいない。戦争がしたいのだ！　こうなれば、われわれに残された道はただひとつ、かれらに向かって進軍し、打ち負かすことだ。この戦争はかれらがわれわれに無理強《むりじ》いしたんだ。いまや、全ドイツ人はひとつになってこの戦いに立ちむかっていかなければならない。ぼくは十七歳《さい》になったら、すぐ志願《しがん》する……」

「ぼくたちも志願できる歳《とし》になるまえに、戦争、終わっちゃうだろうな。」ふとっちょが口をはさんだ。「ぼく、空軍に入れてほしくてたまんないんだけどなあ。」

ハインツは先をつづけようとしたが、ふとっちょがかまわずいった。「空軍は食いものがほかよりいいんだ。それに、かっこいい制服を着てるしなあ。——ねえ、どう思う？　ぼく、急《きゅう》降下爆撃機《こうかばくげきき》＊にのって、ヒューッとロンドンに突っこんで……」手で急降下をやってみていたのをふいに途中《とちゅう》でやめ、迷ったようにぼくたちを見てたずねた。「ええと、ロンドンには、ぶっこわしてやるもの、どんなものがあったかな？」

「ウエストミンスター！」一人がいった。

「そんなとこじゃなくてさ、ドックだ！」別の一人が言葉をはさんだ。

「そうか！　なら、まず、ウエストミンスター。二回目の出撃《しゅつげき》でドックにしよう。」ふとっちょはそう決めた。「イギリスの野郎《やろう》どもの耳をかすめて、がれきが飛び散るぞ。」

戦闘《せんとう》を賛美《さんび》し、それに酔《よ》いしれる気持ちがみんなのあいだに一気《いっき》にひろがった。ハインツが言葉を継《つ》ぐ間《ま》は、もうぜんぜんなかった。

「ばか！　おまえなんか、空軍にとってもらえるかよ。」一人が異議《いぎ》をとなえた。「そんなにぶくぶく太ってて、第一、あの急降下爆撃機《きゅうこうかばくげきき》には乗りこめもしないだろ。」

気勢《きせい》をそがれて、ふとっちょはぷいと横を向いた。

そのチャンスをとらえて、ちびの一人が発言した。確固《かっこ》たるようすで、がやがやいっている全員に向かって声をはりあげた。「ぼくは、参謀本部《さんぼうほんぶ》の将校《しょうこう》になるんだ。参謀本部の将校は昇進が早いから、すぐ大将になれる。それに、参謀本部は危険性《きけんせい》がないしね。――みんな、どう思う？　ぼくが赤い線の入ったズボンをはいて、襟《えり》や袖口《そでぐち》に赤い折《お》り返《かえ》しのついたコートを着て道を歩いたら、女の子がふりかえって見るよ。金のボタンに金の飾《かざ》り紐《ひも》――襟には騎士十字《きしじゅうじ》勲章《くんしょう》＊が輝《かがや》いているんだ。」

「おい、みんな、聞いたか、この卑怯《ひきょう》もの！」隣《となり》にいた少年がいきりたった。「『参謀本部《さんぼうほんぶ》は危険性《きけんせい》がない』だって。危険のないポストをさがしておいて、騎士十字勲章《きしじゅうじくんしょう》もないもんだ。こいつ、どうかしてるよ！」そういって、ひとさし指で額《ひたい》をコツコツとたたいた。「考えてもみろよ、おまえが参謀本部の将校《しょうこう》にしてもらえるまでに何年かかると思うんだ？――戦争はとっくに終わってらあ。」

みんなをしずめて話をつづけることは、ハインツにはとうていむりだった。

一人一人、負けじと声をはりあげる。もう聞こえるのは自分の声だけという状態《じょうたい》だった。

「ぼくは海軍に行くんだ！　潜水艦《せんすいかん》さ。これこそ本命《ほんめい》だよ。イギリスのまわりを水にもぐってぐるぐるまわりつづける。どんな船も、一隻《せき》だって寄《よ》せつけないんだ。つまり、あの世界大戦のとき、やつらがドイツに対してしたようにやるんだ。外からの補給《ほきゅう》がなかったら、やつら、十四日間しかもちこたえられない。イギリスのお兄さんたち、苦しんで飢《う》え死《じ》にさ。地面のごみでも食ってろよってんだ。ポーランドのやつらを、ドイツはちょっと手ぬるく扱《あつか》いすぎたよなあ。イギリスに攻《せ》め込《こ》んだときには、もう飢《う》え死《じ》にの死体を埋《う》める作業だけすればいいのさ。それだけはしないと、臭《くさ》くてやりきれないからな。そうしておいて、ぼくたちがイギリスに住むんだ！」

「やめろ！」ハインツがどなった。「やめろったら！」

だが、まだ自分の計画を披露《ひろう》していなかった一人が、かまわず潜水艦志望《せんすいかんしぼう》の少年に反論《はんろん》しはじめた。「水んなかにばっかりいてどうするんだい？　それじゃあなんにも見えないじゃないか！　ぼくは陸軍だ。フランスに攻《せ》めこんで、フランス人をみな殺しにしてやる！」そういって、銃《じゅう》を撃《う》つかっこうをしてぼくたちに狙《ねら》いを定めた。「パン！　パン！　パンパンパン！」まわり一帯《いったい》を撃《う》ちまくった。「そうなったら、うちのおやじもいっしょにしたいっていうんだ。おやじ、フランスの男たちにすっごく腹《はら》をたててんだよ。一九一七年＊に左手の小指をやつらに撃《う》たれてるからね。それにさ、フランスにはきれいな女の子がいるんだって。おやじが話してくれたよ。ねえ、つまんないフランスの男たちがいなくなったらさ、彼女ら、ぼくたちのあとを追いかけてくるぞ。どうだろう、そうなったら、え？　フランスの女ってのは男狂いなんだってさ。とくに金髪《きんぱつ》のドイツの男にね。」そういって、ヒヒヒッとわらった。「ワインはどっさりあるしな。おやじがそういってたよ。そいつで戦勝祝《せんしょういわ》いだ！　いいぞ！　それこそ生きてるってことだよな！」うっとりとして、舌なめずりをした。

みんな、圧倒《あっとう》されて、だまりこんだ。

「ハインツはどこだ？」ふいに、一人がたずねた。

全員がきょろきょろと見回した。

ギュンターのとなりの席はからっぽだった。

ハインツはいなくなっていた。

「行っちまったんだ！　なに、かまうもんか！」ふとっちょがあっさりといってのけた。

ギュンターは自分の席でじっとしていた。あごを胸《むね》にしずめ、目を閉じている。

「おい、ギュンター！　眠《ねむ》ってんのかい？」ふとっちょがつついた。「おまえ、まだなんにもいってないじゃないか！　さあ、いえよ！　おまえは戦争でなにになるんだ？」

ギュンターははっと身を起こした。軽蔑《けいべつ》しきった視線《しせん》で一人一人を見回した。それから、はじかれたように立ち上がった。無言《むごん》で机《つくえ》をはなれ、ドアのところまで行った。そこで、ふりむいた。低い声でいった。「きみたち、墓穴掘《はかあなほ》りめ！　豚《ぶた》だよ！」そして、出ていった。

## 一九四〇年〔十五歳《さい》〕

### パーティ

ハインツとギュンターとぼくは午後をホームですごしていた。ホームの蔵書《ぞうしょ》を選《よ》り分《わ》けて整理しなおしていたのだ。

ノルウェーへの進撃《しんげき》がはじまって以来《いらい》、ハインツは明日にも召集《しょうしゅう》があるものと考えて、自分の後継者《こうけいしゃ》が支障《ししょう》なくすぐに任務《にんむ》をはじめられるよう、すべてを整理しようとしていた。

蔵書《ぞうしょ》全体の状況《じょうきょう》をつかむのは、しかし、むずかしいことだった。毎月新しい本が入ってくるのに、蔵書数はほとんど増えていない。アードルフ・ヒトラーの『わが闘争《とうそう》』は五冊あったが、それらは手も触《ふ》れられずに棚《たな》にのっていて、裁断《さいだん》されたままページがくっついていた。それに反して『ヒトラーの少年クヴェックス』*や、『死人にとりついた幽霊《ゆうれい》たち』*、『両世界の間を歩くもの』*などは、たいていいつも出払《ではら》っていた。

作業そのものは楽だった。

ギュンターが棚《たな》から本をおろす。

ぼくがほこりをはらう。

ハインツがそれを新しいカードに書きこむ。

そのあとみんなで、それらの本に新しいカバーをかけた。紙は、ギュンターがどこかからやっと手に入れてきた黒い紙だった。『居場所《いばしょ》なき民族《みんぞく》』*があまりにも破損《はそん》が激《はげ》しいので、新しくカバーをかけるに値《あたい》するかどうか迷っていたときだった。

だれかがノックした。

「はい！」ハインツが顔もあげずにこたえた。

「ハイル　ヒトラー！」

声を聞いて、ぼくたちはおどろいてふりかえった。ドアのところには、ドイツ少女同盟《どうめい》の団長が立っていた。すらりとした体、青い目、金髪《きんぱつ》をうなじで髷《まげ》にしている。

ぼくは一目《ひとめ》で好感《こうかん》をもった。ギュンターもうっとりしているのが目つきでわかった。

ハインツがさっと立ちあがった。

「わたし、ヘーデっていうの。」彼女は迷いもせず、つつつとハインツの方へ歩みよった。

「あなたがハインツでしょ?!」

ハインツは黙《だま》ってうなずいた。

彼女は机《つくえ》ごしに手をさしのべた。「あなたのところへ行けばいいっていわれてきたの。手伝ってほしいことがあるのよ。」

ギュンターが椅子《いす》をとってきて、自分のハンカチでほこりをふいた。

ヘーデはすすめられもしないうちに腰《こし》をおろし、すぐに話しはじめた。

「わたしの団の年長の団員たちで、今度出征《しゅっせい》していく兵隊さんを送るパーティをしたいの。わたしたち、小さなホールを用意したんだけど、そこの飾《かざ》りつけにあなたのところから二、三人よこしていただけないかしら？」

「いいですとも！」ハインツは二つ返事でうけあった。「もちろん、いいですよ！」

ハインツはギュンターとぼくを見た。「ぼくたち、ここにいる三人でいいですか？」

「ええ、いいわ！」ヘーデはにっこりしてこたえた。

「あ、そうだ、だめなんだ！　ぼくたち三人、あさって、ヒトラー・ユーゲントの野戦監視《やせんかんし》官《かん》＊の訓練《くんれん》に出かけなくちゃならない。それ、十日間かかるんです。残念だなあ！」ハインツは思い出して、がっかりした。

「だいじょうぶ！」ヘーデはきっぱりといった。「送別会は来月よ。だいじょうぶ間に合うわ。」

「よかった！」ギュンターがよろこんだ。「ぼくたち、行きます！」

ヘーデは立ちあがった。「じゃあ、二週間後ね！　場所と日時はあとでまたお知らせします。」

彼女は一人一人に握手《あくしゅ》した。ぼくたちは踵《かかと》をカチンとあわせておじぎをしながら手をにぎった。

出ていくとき、ぼくがドアを開けてあげた。

ドアのところで、彼女はもう一度ふりかえった。「パーティには、もちろんあなたたちにも出席していただくわ、ね！」

計画はハインツが練《ね》った。

ぼくはうちから自分の大きな電気工作道具箱をもっていった。

ギュンターはおやじさんの仕事道具が入った箱をかついできた。

ハインツはふくれあがった書類《しょるい》かばんをさげてきた。

ヘーデはにこやかにぼくたちを迎《むか》えた。別のリーダーが三人きていて、ホールの準備にとりかかっていた。

一人がぼくたちにオープンサンドイッチとココアをすすめてくれた。

仕事はまずそれを食べながらのおしゃべりからはじまった。

ぼくはこれまでにないほど浮《う》き浮《う》きした気持ちで、自分の最上の面を見せようとやっきになった。

ギュンターはかがやいていた。ひっきりなしに気のきいた冗談《じょうだん》をとばし、それがそのつど見《み》事《ごと》に成功して女の子たちをわらわせた。

ぼくたち三人は、互《たが》いに白状《はくじょう》はしないまま、三人が三人とも、ヘーデに夢中《むちゅう》になっているのがわかっていた。

ハインツはいちばん控《ひか》えめだった。だが、視線《しせん》がずっと彼女を追い、秘《ひ》めたほほえみが顔面《がんめん》にただよっている。どうしても意識せずにはいられないらしい。

やっと、仕事がはじまった。

ハインツがはしごにのぼった。天井《てんじょう》に、壁《かべ》から壁へ呼《よ》び鈴《りん》の導線《どうせん》をはりわたし、それに色つきの豆電球《まめでんきゅう》をぶらさげて、最後にぜんぶを色とりどりのちりめん紙でくるんだ。

そのあいだにギュンターは電灯線《でんとうせん》をつないだ。目立たないように工夫《くふう》しながら、コードを配《はい》電盤《でんばん》から隣《となり》の小部屋に引きこんだ。

その小部屋で、ぼくがコントロール・デスクをつくった。

女の子たちをあっといわせるその計画に、ぼくはもうわくわくしていた。

「送られるのはそれほど大部隊じゃないみたいだな。」ギュンターが入ってきて、いった。

「だけど、あそこを見てみろよ。」そういって、ぼくは作業場《さぎょうば》の後ろの隅《すみ》を指さした。

そこにはワインのびんがずらりとならんでいた。コニャックやシャンペンもある。肉や魚のかんづめ、チーズの巨大《きょだい》なかたまり、それからいく箱ものバターもパーティの始まりを待っていた。壁《かべ》には、腕《うで》ほどの長さのソーセージが二本ぶらさがっていた。

「すっごいなあ！」ギュンターが声をあげた。「ぼくたちは食料切符《しょくりょうきっぷ》でかつがつ命をつないでるってのになあ。」隣《となり》のホールに目をやった。「だけどさ、あそこはせいぜい三十人しか入れないぜ。これ、だれが食べたり飲んだりするんだろう？」

「もしかしたら、ぼくたち、パーティのあと、残ったものをもらって帰れるんじゃないかな！」ぼくは希望がわいてきた。

だがギュンターはそれにはこたえなかった。

ハインツの仕事もすむと、ぼくたちはぜんぶの装置《そうち》を接続《せつぞく》した。

もう一度すべてを点検《てんけん》してみたのち、女の子たちに着席してくれるようたのんだ。

ハインツがカーテンを閉《し》めた。

女の子たちはなにがどうなるのか期待に胸《むね》をはずませて、天井《てんじょう》の飾《かざ》りつけを眺《なが》めている。と、ホールの照明《しょうめい》が点《つ》いた。照明に色とりどりの紙がかぶさっているので、ホール全体があたたかい、くつろいだ雰囲気《ふんいき》になった。

女の子たちは満足げにうなずいた。

ぼくが照明《しょうめい》をゆっくりとしぼっていった。ホールにかすかな夕闇《ゆうやみ》がただよった。

「あっ。」女の子たちから声がもれた。

そこへ、ふいにダンス場の上の豆電球《まめでんきゅう》が点《つ》いた。それは夜空にきらめく星のようだった。

女の子たちはうっとりと見とれている。

ギュンターが隅《すみ》のレコード・プレーヤーにレコードをおいた。

音楽が静かにホールを満たしていくと、女の子たちから拍手《はくしゅ》があがった。

ダンス場の上の豆電球《まめでんきゅう》が、チカチカと点《つ》いたり消えたりしはじめたからだ。

あっといわせようと思ったぼくたちの計画は大成功だった。

ちょっとはにかみながら、ハインツがヘーデの前に進み出てダンスを申しこんだ。

二人は曲が終わるまで踊《おど》った。

見事《みごと》な飾《かざ》りつけができたお礼に、女の子たちはまたソーセージとチーズをのせたパンをすすめてくれた。そればかりかビールまでそれぞれに一本ずつそえてくれた。

ぼくたちが食べているあいだに、ほかの三人の女の子たちは帰っていった。

ヘーデだけが残った。

ハインツは顔をかがやかせてヘーデを見つめている。嚙《か》むことすら忘れている。

「最後の仕上げはわたしがするわ。」ヘーデがいった。

「ぼく、手伝ってもいいかい？」ハインツがたずねた。

ヘーデはうなずいた。

ギュンターがそっとぼくをつついて、目くばせをした。

ぼくたち二人は立ちあがった。

「ぼくたちはもう帰ってもよさそうだな！」ギュンターがいった。


ハインツはアイロンをかけたての制服姿で現れた。

ギュンターとぼくも、手持ちのなかで最上の服装《ふくそう》をしていった。

ぼくたちがホールに足をふみいれると、ヘーデは手をさしのべることもしなかった。

おどろいて、ぼくたちは入り口で立ちすくんだ。

「あんたたち、コントロール・デスクのところへ行って。そして、隣《となり》の部屋から出ないでね。」ヘーデは命令した。

ぼくたちはきょとんとして顔を見合わせた。

「どうしてなんだい？」ギュンターがたずねた。「ぼくたち、招待《しょうたい》されたんだろ？」

「あそこの女の子に、なにかもらえばいいでしょ！」ヘーデはぴしゃりとそういうと、もう別の人の方にむいた。

ぼくたちはあっけにとられて言葉も出なかった。

「興奮《こうふん》してるんだよ。」ハインツが自分にもぼくたちにもそういいきかせ、先に立って隣《となり》の部屋へ行った。

そこにはもう、エプロンをかけた女の子が一人、立ち働いていた。パンにバターをぬり、いろいろなものをのせて、大きなお皿《さら》に色どりよく盛《も》っている。ぼくたちは挨拶《あいさつ》して、そのそばに立った。

「そのお皿《さら》のは食べないでね！」女の子はそういって、プチパンを三つ、ソーセージをいっぱいはさんでわたしてくれた。

ハインツは食べなかった。

三つ目のプチパンは、ギュンターが半分にわけて、一つをぼくにくれた。

「彼女《かのじょ》、今夜、きれいだなあ。」ハインツはもう夢中《むちゅう》になっている。

「うん、うまくドレスアップしてるね。」ギュンターが噛《か》みながら相槌《あいづち》を打った。

そばの女の子がにやっとした。が、なにもいわなかった。

ぼくたちはもう一度装置《そうち》を点検《てんけん》して、それからホールをのぞいてみた。

女の子たちはそわそわと行ったり来たりしている。隅《すみ》の小さな鏡《かがみ》の前に立ってはブラウスを引っぱったり髪《かみ》をとかしたりし、そしてドアのところに急いで行って、外をのぞいてみる。またテーブルのそばへ行って椅子《いす》をなおし、花をもっと明るい方に置きかえてみる。

「リーダーばっかりだな!」ギュンターがいった。

「このパーティには、平《ひら》の団員は参加したことないのよ。」エプロンがけの女の子がたずねられもしないのに説明した。「わたしたちは準備を手伝わせてもらうだけ。」

外で、ヘーデが最初のお客を迎えた。若い少尉《しょうい》だ。

たちまち女の子全員がその将校《しょうこう》をとりまいた。笑《わら》い声をたて、顔をかがやかせている。将校がロを開くと、みんな目をキラキラさせて聞き入っている。

ところが、ヘーデがその若い少尉《しょうい》にさっと腕《うで》を通して組んだ。そしてほかのリーダーたちをドアのところに残し、お客を小さなホールへ案内した。

まもなく、二人目のお客が入ってきた。こんどは中尉《ちゅうい》だ。

ヘーデは少尉《しょうい》ににっこりわらってみせ、別のリーダーをひきあわせておいて、自分は中尉《ちゅうい》の方へ歩みよった。さっきと同じように腕《うで》を組み、同じ道をとおってホールに入ってくる。

けれども、その中尉の相手をする間《ま》は、こんどはほとんどなかった。

大尉《たいい》が二人、やってきたからだ。

「将校《しょうこう》ばっかりじゃないか!」ギュンターがふしぎがった。

「下士官《かしかん》や兵卒《へいそつ》とは、あの人たち、ぜんぜん付《つ》き合《あ》わないのよ!」エプロンの女の子が解説した。

二人の大尉《たいい》とともに、ヘーデはまたホールを案内してまわっている。先ほど、すでに二度途《と》中《ちゅう》までしかけていたことだ。こんどはぼくたちがいる小部屋の方までやってきた。

「このむこうが貯蔵庫《ちょぞうこ》と台所なんです。」説明しているのが聞こえる。

一人の大尉《たいい》がなかをのぞこうとした。

ヘーデが細めに開いていたドアをぐっと押《お》した。

大尉《たいい》がぼくたちを見た。「なんだ、このぼうやたちは！　なんでこいつらを呼《よ》んだんだ？」

大尉がたずねた。

ハインツがはじかれたように椅子《いす》から立ちあがった。

「運《はこ》び役《やく》と、あとかたづけです！」ヘーデは大急ぎでこたえ、大尉《たいい》たちをまたひっぱっていった。

ハインツの顔が蒼白《そうはく》になった。くずおれるように椅子《いす》にすわり、背《せ》をまるめた。

ギュンターがものもいわずにドライバーをとり、ぼくたちが用意したコントロール・デスクを電力網《でんりょくもう》からはずしはじめた。

「それは、しちゃだめだ！」ハインツがあわててさえぎった。

「だめもくそもあるもんか！」ギュンターは手を止めもせず、いいかえした。

「だけど、ぼくたちは手伝うって約束したんだ！」ハインツは思いとどまらせようとした。

「こんな条件でじゃなかったよ！」ギュンターは反論した。そして、エプロンの女の子にいった。「きみ、いい団長をもってるね！」

女の子は肩《かた》をすくめた。

ハインツがギュンターの手からドライバーをもぎとろうとした。

「はずさせてくれないんなら、ここ全部をまっ暗にするぞ。パーティができないようにしてやる。」ギュンターはハインツにくってかかった。「あの《すてきな》ヘーデのやつ、思い知りゃいいんだ、どこからあとかたづけに人をつれてくればいいか！」

ギュンターはすべての接続《せつぞく》をはずしおえると、コントロール・デスクをぼくにわたした。

「きみ、どう思う？」ハインツが呆然《ぼうぜん》としてぼくにたずねた。

「そうだな、帰っちまおう！」ぼくはこたえた。

「帰ろう、すぐに！」ギュンターがさっさと決めた。

ハインツもしたがった。

「ご馳走《ちそう》さま！　さよなら！」ギュンターはエプロンの女の子に挨拶《あいさつ》した。

「そうね、あなたたちとしちゃ、それが当然だわ。でも、かわいそうなのは、わたし。」女の子はこぼした。「このワインの栓《せん》をあけるの、だれに手伝ってもらえばいいの！」

ギュンターは机《つくえ》の上からチーズののったパンを一切れとった。

ぼくたちは一列になってその小部屋から出て、ホールをとおっていった。

将校《しょうこう》たちがいぶかしげにぼくたちの行列をながめた。

ドアのところで、ヘーデがぼくたちに追いついた。「あら、わたしたちをほうっておいて帰っちゃだめよ！」

ハインツはぷいと背《せ》をむけた。

「帰っていいとも！」ギュンターが悠然《ゆうぜん》としていいはなった。「あとかたづけだったら、どっちみちまだ早いだろ！」

## 後継者《こうけいしゃ》

「全員、気をつけ！」

ぼくたちは気をつけの姿勢《しせい》をとった。

後ろの列で、だれか一人、遅《おく》れて踵《かかと》をつけた。

新任《しんにん》の団長の視線《しせん》が前列をゆっくりと動いていった。そして、ぼくたちの分団にきて、止まった。

ぼくたちははっとして、体を固くした。

「ハインツ、ギュンター、前へ！」

ハインツは分団の端《はし》の自分の位置からほんの数歩で団長の前に出た。

「ふむ！」ギュンターがつぶやいた。分団の二列目に並んでいるギュンターは、まずその列から出て最後列《さいこうれつ》まで走った。そしてぐるりとまわって団長の前に進み出なければならない。ギュンターはハインツと袖《そで》がふれあうほどの位置にきてぴたりととまり、並《なら》んで立った。

二人はぼくたちに背《せ》をむけた形だ。団長が手で合図《あいず》して、二人の向きを、団長の方もぼくたちの方も見えるように変えさせた。

ハインツは笑《え》みを浮《う》かべ、下唇《したくちびる》をかんでいる。

ギュンターはいぶかしげなまなざしでぼくたちを見ていた。

「西部戦線《せいぶせんせん》の第一戦は勝利のうちに終了《しゅうりょう》した！」団長が話しはじめた。「いまやわれわれの目前《もくぜん》に、第二の、おそらく第一戦よりも困難《こんなん》な戦いが迫《せま》っている。イギリス軍のダンケルク撤退《てったい》をもって、かれらがイギリス本土をも同様に簡単《かんたん》に放棄《ほうき》するだろうと考えるのはまちがいだ。イギリスを勝ちとるためには、まだまだ非常な努力が――そして、犠牲《ぎせい》が、われわれに要求されている。この責務《せきむ》を達成《たっせい》するために、総統《そうとう》はわれわれ一人一人を必要としておられるのだ。」

団長はちょっとためらい、視線《しせん》を地面におとした。

ぼくの後ろでだれかがぶつぶついいだした。「気をつけ」の姿勢《しせい》で演説《えんぜつ》を聞かされているからだ。

「われわれヒトラー・ユーゲントからも、すでに多くの者が旗のもとに馳《は》せ参《さん》じた。」団長はまた言葉をついだ。「少なからぬ者が、すでに戦死、あるいは傷《きず》ついている。われわれの団からは、これまでに五人の仲間が名誉《めいよ》の戦死をとげた。以前この場に立っていたぼくの先任者《せんにんしゃ》も、フランスの地に葬《ほうむ》られた。」短い沈黙《ちんもく》が入った。「けれども、そんな悲しみに沈《しず》んでいることは許されない。一旦《いったん》歩みはじめた道を、われわれは断固《だんこ》として進みつづけねばならないのだ――偉大《いだい》なるドイツ帝国《ていこく》の、最後の勝利の日まで。」

そこで団長はちょっとハインツの方に向いた。

ハインツはさらに背《せ》をそらせた。

団長はハインツの肩《かた》をつかみ一歩前へ押《お》しだした。「このたび、われわれの最も優秀《ゆうしゅう》な分団長の一人であるハインツが、志願《しがん》して出た。ハインツは、軍の召集《しょうしゅう》がくるより先に、すでにこの任務《にんむ》から離《はな》れたい旨《むね》、申し出た。われわれはいまここでハインツと別れねばならない。」団長はハインツに手をさしのべた。「ハインツ、ありがとう。きみは立派《りっぱ》なヒトラーの少年であり、模範的《もはんてき》な分団長だった。どうか、こんどはわが総統《そうとう》の勇敢《ゆうかん》な兵士になってくれ。ぼくたち全員、きみの幸運を祈《いの》っている。」

「ありがとうございます、団長。」ハインツは低い声でいって、一歩さがった。

団長はつづけた。「リーダーを失ったグループを次に背負《せお》って立つのはだれが適任《てきにん》か、ぼくたちはいっしょに考えた。ハインツは自分の後継者《こうけいしゃ》として、ある団員を推薦《すいせん》した。ぼくはハインツの判断《はんだん》に信頼《しんらい》をおいている。またぼく自身、ハインツはまさに適任者を選んだと思う。」

そういって、ギュンターの方にむいた。

ギュンターはまだ浮《う》かぬ表情をしている。

ハインツがギュンターを団長の方へ押《お》し出した。

「ギュンター、連隊長の了解《りょうかい》をえて、ぼくはいまここに、きみを新しい分団長に任命《にんめい》する。どうかハインツの心を心として、分団をまとめ、導いていってほしい。」

ギュンターはもの問《と》いたげな目差《まなざ》しで、団長とハインツをかわるがわる見つめた。その二人がギュンターに手をさしのべて、固く握《にぎ》った。

「よりにもよって、ギュンターとはなあ！」ふとっちょがぶつくさいった。

ハインツは自分の組紐《くみひも》*を解《と》いて、ギュンターに結びつけた。

だがギュンターはなおもわけがわからないというようすで、ぼくたちの顔をきょろきょろ見ていた。

ハインツがギュンターをぼくたちの分団につれてもどり、分団長の位置につかせた。最後に全員で歌をうたった。

若きわれらは　総決起《そうけっき》！
かかげよ　旗を　いや高く！
今こそ　われらの時は　来た
若き　兵士の　時が　来た
つづけ　名誉《めいよ》の　戦死者の
にぎりし　旗を　目標に
偉大《いだい》な　祖先《そせん》を　持つわれら
ドイツよ、祖国よ、いま行くぞ！＊

そして、解散《かいさん》になった。
ぼくたち三人だけになると、ギュンターがたずねた。「ハインツ、なんでこんなことをしたんだい？　ぼくがこのなにもかもをどう考えているか、きみ、知ってるじゃないか。ぼくは立《りっ》派《ぱ》なヒトラーの少年じゃない。まして、分団長だなんて。」

するとハインツは両手をギュンターの肩《かた》においた。じっとギュンターの目を見つめた。そして、さっきみんなが立っていたところをあごで指して、いった。「あのなかで、もっといい適《てき》任者《にんしゃ》がいたと思うかい？　オーデコロンの青二才《あおにさい》がまた現れりゃいいのかい？——いや、みんなには、自分の命令することに責任をもてるリーダーが必要なんだ。」

## 別れ

広い駅の構内《こうない》は風が吹《ふ》きこみ、天井《てんじょう》のこわれたガラスから雨がしたたりおちていた。入ってくる列車が轟音《ごうおん》をたて、出ていく列車はあえぎあえぎ駅をあとにしていった。＊五番線と六番線のあいだの細長いホームに、何百人もの人がせきとめられて押《お》し合いへし合いしていた。

人垣《ひとがき》のまんなかに、若い男たちがひしめきあってかたまっていた。ダンボール箱を手にもっているもの、足もとにおいているもの。ほとんどが寝不足《ねぶそく》の顔で、四本の黒白赤の標柱《ひょうちゅう》で囲われた空間に閉《と》じこめられて立っていた。

その囲いのまわりを、母親、妻、子どもたちの集団が波うっていた。みんな前へ出よう前へ出ようと押《お》し合っては、囲いの際《きわ》で押し返され、また押し寄《よ》せる。囲いのロープをくぐって入ろうとするものまでいたが、まわりの人にたしなめられてやっと思いとどまり、せめて声でもとどけとばかり、「フィリップ！」だの「マルティン！」だのと大声で呼《よ》んでいた。

囲いのなかの男たちがそれらの名前を口づたえに送ると、かたまりのまんなかあたりで手があがる――フィリップの手か、マルティンの手が。手は必死にふられる。

それを見た女の一人がよろめきながら爪先立《つまさきだ》ちし、うれしそうにハンカチを頭上高《ずじょうたか》くあげてふる。

呼《よ》ばれた男たちがロープの際《きわ》まで出てこられることは稀《まれ》だった。だが運よく成功すると、ただちに母親が、妻が、娘が走りよった。伸《の》びあがり、かがみこみ、抱《だ》き合い、キスをする。別れを惜《お》しむ家族や友人がいるのではないロープのなかのそばにいる男たちは、そのあいだわきを向いていてやることもできない。体の向きを変えるための空間すらないからだ。たとえ向きを変えられたとしても、そっちにもまた抱き合っている一組がいた。

囲いの外の女たちは、うつむいてハンカチを目にあててばかりいた。

准尉《じゅんい》が一人、別れを惜《お》しむ人たちを力ずくで引き分けながら、その四角い囲いのまわりを歩きまわっていた。

その背後《はいご》で、いま引き裂《さ》かれた二人はまた最後のキスをし、もうひとことなにかささやきあったのち、やっと意を決して別れ、ロープをはさんで一メートルの距離《きょり》から手をふり投げキスをしあう。

「母さん！」甲高《かんだか》い声がひびいた。「母さん！」少年が一人、囲いのなかからむりやり出ようと身をもがいている。

准尉《じゅんい》が冷やかに押《お》し返して、どなりつけた。「おいっ、おちつかないか！」

「さあ、もう時間だ！」ハインツがいった。駅の時計を見あげ、右手にもっているダンボール箱を左手にもちかえた。

「じゃあ、きみのお父さんもお母さんも来ないのかい？」ギュンターがたずねた。

ハインツはうなずいた。「来ないでほしいって、ぼくがたのんだんだ。さよならは家でちゃんとしたよ。駅の大勢がいるところでより、そのほうがいいだろ。」

「うん、そうだな！」ギュンターが相槌《あいづち》を打った。

ハインツがぼくたち二人に手をさしのべた。「またすぐにきみたちのところにもどってこれるといいんだけど。じゃあ、それまで。元気でいろよ、な。それから、ギュンター、分団のみんなをたのんだよ。きちんとやるって、約束してくれ！」そして、ぼくにいった。「きみ、気をつけていてくれな、ギュンターがばかなことしないように！」ハインツはポケットから召集命令《しょうしゅうめいれい》をとりだした。

「幸運を祈るよ、ハインツ。そして、元気で帰ってきてくれ！」

ハインツはもう一度にっこりとわらって見せ、それから准尉《じゅんい》のところへ行った。

「遅《おそ》いじゃないか！」准尉が叱責《しっせき》した。

「列車はまだ入っていません！」ハインツはそう応答《おうとう》した。

准尉《じゅんい》はすーっと息を吸《す》い込《こ》んだ。「そういう態度《たいど》でやれば、おれたちのとこじゃ、うれしいことがたんまりあるだろうぜ！」

ハインツはもう准尉《じゅんい》には目もくれず、ロープをくぐって閉《と》じこめられている男たちのなかに入った。

「ふん、ヒトラー・ユーゲントのぼうやたち。特別扱《あつか》いでもしてもらえると思ってるのか！」

准尉《じゅんい》がハインツの背《せ》にどなった。

ギュンターはさっと横をむいて、駅にあふれた人々を見つめた。しばらくしてまたこちらにむいたが、視線《しせん》は遠くに投げたままだった。まぶたが少し赤くなっているようだった。

肉親の姿《すがた》を探しもとめる女の人たちのあいだに、ほんの一瞬《いっしゅん》隙間《すきま》ができた。ぼくたちはハインツに手をふった。ハインツはうなずきかえした。

「後退《こうたい》！」准尉《じゅんい》の声が駅の構内《こうない》にひびきわたった。

赤い帽子《ぼうし》をかぶり、緑の縁《ふち》の発車信号棒《はっしゃしんごうぼう》をもった女性の運行業務係《うんこうぎょうむがかり》がホームに現れた。

列車が轟音《ごうおん》をたてて五番ホームに入ってきた。

准尉《じゅんい》が両腕《りょううで》をひろげて列車と四角い囲いとのあいだに空間をつくった。そして、標柱《ひょうちゅう》の一本からロープをはずし、どすの利《き》いた声で押《お》し合っている若ものたちの点呼《てんこ》をはじめた。

一等兵が二人、点呼《てんこ》のすんだものを車両の各車室に乗車させていった。

車室が一つまた一つと、乗り込んだ若者で埋《う》まっていった。

全員を乗車させおわると、准尉《じゅんい》は昇降口《しょうこうぐち》のまえを一歩一歩踏《ふ》みしめながら行ったり来たりした。それから、二人の一等兵に乗車の指示をあたえた。列車に近寄《ちかよ》ることは、だれにも許されなかった。

細くあいた窓に、詰《つ》めこまれた若ものたちの頭が鈴《すず》なりになった。

ハインツはもう見つけることができなかった。

「パパ！　パパ！」幼い女の子が叫《さけ》んだ。「パパ！」駅の構内《こうない》に甲高《かんだか》い声がひびきわたった。

女たちが一斉《いっせい》にすすり泣きはじめた。恥《はじ》も外聞《がいぶん》もなく、みんなもう涙《なみだ》をかくそうともしない。緑の縁《ふち》のついた白い発車信号棒《はっしゃしんごうぼう》が、さっとふりあげられた。汽笛《きてき》が二度。列車はゆっくりと駅を出ていった。

准尉《じゅんい》が最後に飛び乗った。

「ムシ　デン、ムシ　デン　ツム　シュテッテレ　ヒナウス……」*歌声がまばらにあがった。

「元気でなー!」ギュンターがもう一度、消えていく列車に叫《さけ》んだ。

ホームにはすすり泣く母親や、妻や、娘や、子どもたちが残された。あちらに一人、こちらに一人、老いた男の人もまじっていた。

出口への階段《かいだん》のところで、ハインツのお父さんとお母さんが列車を目で追っていた。二人とも泣いていた。

# 一九四一年〔十六歳《さい》〕

## 農繁期動員《のうはんきどういん》

農夫はかがみこんだ。そして、片手《かたて》ほどの小さな草取り鍬《くわ》で苗《なえ》の両がわをさくさくと打った。小さな丸い根をもった草が三本抜《ぬ》きとられた。あとには、葉っぱ二枚だけが残った。

「こんなふうにな！」

ぼくたちは感心して、うなずいた。

農夫は引き抜《ぬ》いた根の一本をぼくたちに見せた。

「一本だけ残してな、あとはぜんぶ引っこ抜いとくれ！」

ぼくたちは了解《りょうかい》した。

「それ、いったい、なんていう雑草《ざっそう》ですか？」一人がたずねた。

農夫はへたへたと尻もちをついてしまった。あっけにとられて、質問者を見あげている。

「おまえ、これがなにか、知らんのか？」

「きみ、雑草《ざっそう》にくわしいかい？」問いかえされた質問者は矛先《ほこさき》をギュンターにむけた。

農夫は飛びあがって立った。「おまえらみたいなもんを農繁期《のうはんき》の手伝いに寄《よ》こすなんて！　わしを卒倒《そっとう》させようっつうんだな！」絶望的な声でそう叫《さけ》んで、手鍬《てぐわ》を投げた。手鍬は土に突《つ》きささった。「雑草《ざっそう》なんかじゃねえ。かぶらだよ。余分《よぶん》のかぶらだ！」

さきの少年がきょとんとして農夫を見た。「だって、かぶらはこんなにでっかいだろ！」そして、頭の大きさをつくって見せた。

「やれやれ！」農夫はため息をついた。「収穫《しゅうかく》するときにゃそのくらいおっきくなっとるさ。だけんど、そうなっとるのは、そこまで成長したからじゃねえか。んだからよ、じゃまされんですくすく育つように、一つだけ……」

「ああ、そうか！」

農夫はふーっと息を吐《は》いて、そのさきをいうのはやめにした。「さあ、一人が二畝《ふたうね》ずつ受けもって、やるんだ。」そして、それぞれに小さな手鍬《てぐわ》をわたした。「この畑は、一人が午前中でしあげるところだ。まあ、おまえら十人でやりゃあ、昼までにはできるだろ。そしたら道具を返しにきて、帰っていいよ。」農夫は自転車に手をかけ、もう一度自分の畑を見渡して、「かわいそうなは、かぶらだわい！」とつぶやき、ぼくたちをおいて行ってしまった。

「ちぇっ、日曜日なのになあ！」ふとっちょが文句《もんく》をいった。「ハインツのときには、こんなこと、いっぺんもなかったよ！」

「そうさ！」ギュンターがうなずいた。「あのころはまだ農繁期《のうはんき》の動員《どういん》はなかったから。だけど、兵隊は日曜日でも戦わなくちゃならないんだ。──ぼくたちは、ここで、故郷《こきょう》の戦線に動員されているんじゃないか。」

目の前は見渡すかぎりの畑。一畝《ひとうね》一畝《ひとうね》、豆《まめ》つぶのようなかぶらの苗《なえ》がくっつきあっている。

「さあ、作業開始！」ギュンターが命令した。

全員がそれぞれ二筋《ふたすじ》の畝《うね》のあいだにうずくまり、苗《なえ》の間引《まび》きをはじめた。しかし、それは簡《かん》単《たん》なことではなかった！　よほど注意して引かないと、全部がくっついて抜《ぬ》けてしまう。

ぼくのとなりがギュンターだった。ギュンターは一心不乱《いっしんふらん》にやっている。話もしなければ、わき目もふらない。

ぼくは、たくさん引きすぎては、その始末《しまつ》に手間取《てまど》った。抜《ぬ》いたなかから傷のついてないのをよりだして、また植《う》える。それで時間を食《く》った。

畝《うね》の端《はし》まで行ったところで、ギュンターは休憩時間《きゅうけいじかん》をいれ、次をまた一斉《いっせい》にはじめられるよう、全員が終わるまで待った。

単調な仕事だった。まず右がわの畝《うね》、それから左がわの畝。すこし前ににじり出る。また右がわ、左がわ。そしてまた進んで、右、左、右、左……

顔をあげて前を見ると、畝《うね》はどこまでつづいているやら、見当もつかないほど延《の》びている。そして後ろを見ると、がっかりする。すんだ部分のなんと短いこと！　残っている作業のなんと多いことか！

二度目の休憩《きゅうけい》のとき、ふとっちょが、腹《はら》がすいたと音《ね》をあげた。

ほかのものは、作業をつづけた。

ふとっちょは畑の畦《あぜ》に腰《こし》をおろして、もってきたパンを食べている。

背中《せなか》が痛くなってきた。慣《な》れない姿勢《しせい》が腰《こし》を圧迫《あっぱく》する。そして、見渡すかぎり、かぶら、かぶら、かぶら……

「もうやめた！」四度目の休憩《きゅうけい》で、一人がいった。「腕《うで》がしびれちまったよ！」

ギュンターはおとなしく肩《かた》をすくめてみせただけで、作業をつづけた。だが、いい先例ができたとばかりまねをするものが続出《ぞくしゅつ》した。一人また一人、もう働けないといいだした。

それは伝染力《でんせんりょく》をもっていたらしい。ぼくも腕《うで》が動かないような気がしはじめた。背中《せなか》はきりきりするし、てのひらには赤い斑点《はんてん》ができている。

とうとう作業をつづけているのは四人だけになった。次の筋《すじ》に移《うつ》ったときには、三人になった。

その一人も、まんなかへんで、やめた。

「だれか、この二畝《ふたうね》を端《はし》までやれないか?」畑の畦《あぜ》に腰《こし》をおろしている仲間たちにむかって、ギュンターがたずねた。

「もうくたくただよ!」答えはそれだけだった。

いちばん大声でいったのは、ふとっちょだった。

途中《とちゅう》で放棄《ほうき》された畝《うね》を、ぼくとギュンターが半分ずつした。

みんなは輪になって、がやがやと冗談《じょうだん》をいいあっている。

あと二筋《ふたすじ》の作業がぼくたち二人に残されていた。

ぼくは自分の二畝《ふたうね》のあいだを這《は》って進んだ。ときどき、弱々しく振《ふ》りおろした手鍬《てぐわ》がほんの少し土にささるだけで、肝心《かんじん》のかぶらは抜《ぬ》けていない。そうなると、またやりなおさなければならない。もうなにもかも投げ出して、その場にぱったり倒《たお》れてしまいたかった。

ギュンターもスピードがおちて、いっこうに進まなくなった。

「昼には終えなきゃならなかったんだぜ!」ふとっちょがぼくたちに向かって叫《さけ》んだ。「それがどうだ。もう二時半じゃないか！」

やっと終わった。立ちあがって歩くのが、なんと快いことか！　ほこりまみれになった顔を、玉の汗《あせ》が流れる。

「ぼくが手鍬《てぐわ》を返しにいってくるから、きみたちは先に帰れ！」ギュンターが待っていたものたちにいった。

みんなはさっさと帰っていった。

ぼくはギュンターといっしょに道具を返しにいった。途中《とちゅう》、てのひらにできた水ぶくれを眺《なが》めた。「きみも、できたかい？」ギュンターにたずねた。

ギュンターが手を見せた。

「それ、血豆《ちまめ》じゃないか！」

「ただの水ぶくれは、三回目のときにもうできていたよ。」ギュンターはわらっていった。

## 英《えい》　雄《ゆう》

ハインツは灰緑色《かいりょくしょく》の軍服姿《ぐんぷくすがた》で机《つくえ》の上に君臨《くんりん》していた。短い編《あ》み上《あ》げ靴《ぐつ》をはいた両足は椅子《いす》の上にのせている。肩章《けんしょう》には銀モールの縁飾《ふちかざ》り*がつき、黒白赤の紐《ひも》*が上着のボタンホールを飾《かざ》っていた。ハインツは左手を黒のほそい三角巾《さんかくきん》で吊《つ》っていた。

分団の全員が顔を見せていた。ふだんは時間をつくることなど絶対にしない連中まできていた。ハインツをまえから知っている他の分団のものもまじっていた。だれもがハインツの帰省《きせい》をともに味わおうとしていた。

ハインツが帰ってくることを、ギュンターはあらゆるところへ知らせた。盛大《せいだい》に迎《むか》えたいと思ったのだ。そしていま、ぼくたちは、ハインツの階級標識《かいきゅうひょうしき》を、負傷《ふしょう》した腕《うで》を、勲章《くんしょう》を、うっとりと眺《なが》めていた。

「ぼくたち、きみのこと、《下士官《かしかん》どの》って、呼ばなくちゃいけないかい？」ふとっちょがたずねた。ハインツは笑《え》みをうかべながら、首を横にふった。

「じゃあ、ハインツ！　さあ、なにか話してくれよ、戦争のすばらしいことを！」ふとっちょがうながした。

ハインツの表情がにわかにきびしくなった。「話すことなんかあんまりないよ。《すばらしいこと》となると、なんにもない。戦争ってのは、汚《けが》らわしいものさ！」

後ろの方で、だれかが文句《もんく》をいった。「なら、なんでここへやってきたんだい？　話すことがないんならさ。」

ふとっちょが手をふって、不平分子《ふへいぶんし》をさえぎった。「黙《だま》ってろよ！　謙遜《けんそん》してんだから。」

ハインツはそれにはとりあわず、たずねた。「きみたち、どんなことが聞きたいんだい？」

「英雄《えいゆう》のこと！」年少者の一人が提案した。ハインツはまた、ちょっとわらった。「きみたちの英雄熱ときたら！――これまでにぼくが出会った英雄は、たった一人だ。ほんとの英雄はね。その人、きみたちが思っている英雄とは、ぜんぜんちがう！」

「話してくれよ！」何人かが叫《さけ》んだ。

「なんて名前だい？」ふとっちょがせっついた。「ぼくたちの知ってる人？　その人、国防軍《こくぼうぐん》報告書に載《の》せてもらったかい？」

「そんなのじゃないんだ！」ハインツがこたえた。「その英雄はぜんぜん人に知られないままだよ。勲章《くんしょう》だってもらってない。うん、その人、前線《ぜんせん》で戦死したんでもないんだ。」

「じゃあ、きっと、有能《ゆうのう》なスパイだったんだ。」一人が推測《すいそく》した。

「ちがう。」ハインツはきっぱり否定《ひてい》した。「ただの、なんでもない上等兵《じょうとうへい》。――だけど、英雄だ！」

「話してくれよ！」ぼくたちは声をそろえてたのんだ。

ハインツはちょっとためらったのち、話しはじめた。

「ぼくたちが受けた軍事教練《ぐんじきょうれん》の部隊には、ぼくたち少年のほかに、中年のグループもいくつかあった。みんな、五人も六人もの子どもがある父親だよ。その人たちは、それぞれ故郷《こきょう》の警《けい》備《び》なんかのために軍事教練を受けていたらしいな。

教官たちは、その人たちの教練はいいかげんにやっていた。たいてい午前中は野戦《やせん》の訓練地に出ていって、ちょっとした森のなかへもぐりこむんだ。そして時間がくるまでいっしょにトランプをやっていた。もし思いがけず将校《しょうこう》がやってきたら、トランプはあっという間に消えてしまう。そして教官が懸命《けんめい》になってなにかの教練の説明をする。将校たちのほうも家族もちの父親にはあんまり気がなかったから、見つかることはなかった。

教官のうちで一人だけ、きちょうめんに任務《にんむ》を果《は》たす人がいた。上等兵《じょうとうへい》で、フランスの戦線で銃弾《じゅうだん》が左手を貫通《かんつう》して、左手はもうにぎれないようだった。だけど、ほとんどの人は、もう前線《ぜんせん》に出たがらない卑怯者《ひきょうもの》だと理解していたんだ。まったくの孤立状態《こりつじょうたい》で、友だちもいなかった。夜も、ほかの教官のように兵員室《へいいんしつ》で自分のグループの兵隊たちといっしょになってくつろぐことは、いっぺんもなかった。任務がおわるとすぐいなくなった。たいてい酒場《さかば》で一人ぽつんとすごしていたんだな。文字どおり、一匹狼《いっぴきおおかみ》だった。好感《こうかん》をもつものなど一人もいない、みんな、恐《おそ》れ、そして憎《にく》んでいた。

ある日、その上等兵《じょうとうへい》が自分のグループに強力な手榴弾《しゅりゅうだん》の投げ方を教えることになった。それで兵たちをつれて間に合わせにつくられた手榴弾訓練場へ出かけた。当直将校《とうちょくしょうこう》が監督《かんとく》としてついてはいたけど、訓練の進行に手を貸すでもなく、ほったらかしだった。

上等兵は年配《ねんぱい》の兵たちに安全規則をもう一度復習させ、扱《あつか》い方をきびしく教えた。導入線を引きぬいて――大きく手をふりあげ――投げる！

それから、ほかの兵は隠れ場所である掩蔽地《えんぺいち》に待機《たいき》させておいて、一人目の兵をつれて穴《あな》におりた。

その兵が手榴弾《しゅりゅうだん》の導入線を引いた。ところが、それを投げて身を伏《ふ》せるかわりに、そいつ、のこのこと掩蔽地《えんぺいち》の方へもどっていったんだ、手榴弾を手にもったまま。

上等兵《じょうとうへい》はあとを追って、どなった。「投げろ！」そして、老兵の手から手榴弾《しゅりゅうだん》をたたきおとそうとした。すると、老兵が投げた。みんなが待機《たいき》している方へ、投げたんだ。

みんなの悲鳴があがった。

もうだめだと思ったとき、駆《か》けよった上等兵が手榴弾《しゅりゅうだん》の上に腹這《はらば》いに身を投げた。――そして、即死《そくし》した。

年配《ねんぱい》の兵たちは、破片《はへん》ひとつうけなかった。」

ハインツはしばらく口をつぐんだ。ぼくたちもものもいえないでいた。

「かれは英雄《えいゆう》だった！」そういって、ハインツは話を終えた。「これまでにぼくが見た、たった一人の英雄だ！」

## 入隊前の軍事教練《ぐんじきょうれん》

「そうか、おまえたちがヒトラーの少年たちか！」教官は開口一番《かいこういちばん》、そういった。そして、うさんくさそうに、一人一人を眺《なが》めまわした。「おまえたちを一人前にしなくちゃならんというわけだ！」

ぼくたちは部屋の大きな机《つくえ》をかこんで腰《こし》をおろし、ちょっとびくびくしながら見上げていた。

教官は銃《じゅう》を肩《かた》にかつぎ、不自由な足を引きずってぼくたちの前を行ったり来たりしている。

「やれやれ、まじめにきちんとやってきた古参《こさん》の下士官《かしかん》に、このごろはこんなことまでやらせるんだからなあ！」愚痴《ぐち》っぽくいって、不機嫌《ふきげん》に首をふった。「このおれさまが子どもの守《も》りまでしなくちゃならんのかねえ！」

ぼくたちはどうふるまえばいいのかわからなかった。

だが、教官は気をとりなおし、ため息をついて、いった。「まあ、仕方《しかた》がない。《命令は命令だ！》よし、これからおまえたちに《入隊前》の軍事教練《ぐんじきょうれん》をしてやる。」《入隊前》ということばをみょうに茶化《ちゃか》して強調した。「《軍人は、喜びをもって義務を果たしたという自覚《じかく》にこそ、最大の報《むく》いと最高の幸せを見いだすものである》*だからな。」そして気をつけの姿勢《しせい》をとると、銃《じゅう》床《しょう》をぐっと引《ひ》き寄《よ》せ、てきぱきした手さばきで銃に手をかけておろし、ベッドの一つにたてかけた。それから、表情をやわらげてぼくたちを見た。

ぼくたちもほっとして笑顔を返した。

「ま、そうひどいことにはならんだろう！」安心させるようにいった。「この十四日間、おれたち、なんとかうまくやっていけるさ。」

期待いっぱいに、ぼくたちはうなずいた。

教官は机《つくえ》の下から椅子《いす》を一つ引っぱりだして、ぼくたちといっしょに机をかこんですわった。

「さあ、始めるとしよう！――で、なにから始めるかね？」そういって、ぼくたちを一人一人見た。「軍人にとって最も大切なものからだ！　それはなにか、わかるもの？」

みんな、黙《だま》って教官を見つめた。

教官は嘆願《たんがん》するように天井《てんじょう》を見上げて、ため息をついた。「わかるものは一人もいないのか？――まったくもう、骨折《ほねお》り損《ぞん》とはこのことだ！」怒声《どせい》がとんだ。「軍人の生活で最も大切なものは、花嫁《はなよめ》だ！」

ふとっちょがにやりとした。

「そういう花嫁《はなよめ》じゃない！」下士官《かしかん》はふとっちょの方をむいていった。「軍人の花嫁は、これだ！」銃《じゅう》をとって、机《つくえ》の上に投げた。ぼくたちの目の前に。

ぼくたちはぎくっとした。

「カービン銃《じゅう》、98K！――しかし、おまえたちがこれをこんなふうに扱《あつか》ってもいいとは思うなよ。《おのれの武器をよく知り、その清掃および取《と》り扱《あつか》いについての規定《きてい》を厳重《げんじゅう》に守ることは、軍人の大切な義務である！》それに、花嫁《はなよめ》を投げたりはせんよな！」

かれの小言《こごと》や怒声《どせい》には、終始《しゅうし》含み笑いがかくされていた。この下士官《かしかん》に、ぼくたちはしだいに好感《こうかん》をもちはじめていた。

「じゃあ、そろそろきみたちのお手並《てな》み拝見《はいけん》といこうか！」かれはギュンターに視線《しせん》をむけた。「おまえがこのグループのリーダーだね？」

ギュンターはとびあがって立った。「はいっ、そうであります、下士官《かしかん》どの！」

下士官はにやっとした。「そんなにしゃちほこばらないでくれよ！　胃《い》が痛くなる。ここはヒトラー・ユーゲントの集まりじゃないんだ。」

ギュンターは笑いをかみころそうと、下唇《したくちびる》をかんだ。そして、体をゆすった。

ぼくたち他のものは、わらった。

「さあ、やってみろ！」下士官《かしかん》は銃《じゅう》をギュンターの方に押《お》して、うながした。「これをどうやって分解するか、おまえのグループのものに見せてやれ！」

あっけにとられてギュンターは下士官を見つめた。そして、おそるおそる、指先《ゆびさき》で銃《じゅう》をつまむようにしてとった。

下士官《かしかん》がそばの少年をつついた。「被服廠《ひふくしょう》へ走っていって、そこの曹長《そうちょう》におれからの挨拶《あいさつ》をつたえるんだ。そして、《うちのお若いのに、白い手袋をいただきたい。銃《じゅう》を分解なさりたいそうですから》と、たのんでこい！」

いわれた少年はドアの方へ走っていき、そこでやっと冗談《じょうだん》だと気づいた。

少年は顔をあからめてまわれ右をし、銃《じゅう》のそばにいるギュンターをじろじろ見た。

「ん、もうちょっとそのまま待ってるかい？　そしたら、銃が老衰《ろうすい》でひとりでにばらばらになるかもな！」下士官《かしかん》は立ちあがると、足をひきずって窓《まど》のところへ行き、ぼくたちに背《せ》をむけて外をながめた。

ぼくはギュンターのそばにいたので、ボルトハンドルを起こして遊底《ゆうてい》を開けてやった。

ギュンターがなんの気なしにセーフティを引っぱった。セーフティが音をたてて机の上に落ちた。

下士官《かしかん》は直《ただ》ちにふりむいた。「おどろかせるなよ。心配するじゃないか。え？　なんだい、これは！　おまえたち、銃《じゅう》をもう切《き》り刻《きざ》んでサラダにしちまったかと思ったのに！　セーフティのひとつも分解してないじゃないか！」そして、また机《つくえ》のそばへやってきた。「待ち遠しいったらない！　さあ、こっちへかしてみろ！」

ギュンターはわれながらがっかりしながら、銃《じゅう》とセーフティを下士官《かしかん》にわたした。

下士官は手早く銃を分解して、部品を机《つくえ》の上にきちんとならべた。そして、一つ一つの部品について、名称《めいしょう》と使用目的を説明した。

ぼくたちは部品の一つ一つを感心して眺《なが》めた。

「こいつをまた組み立てる自信のあるもの？」

ふとっちょがなんのためらいもなく手を上げた。

下士官《かしかん》は部品をごちゃごちゃにかきまわしてから、ふとっちょの方へ押《お》しやった。

ふとっちょは見事《みごと》な手さばきであっというまに銃《じゅう》を組み立て、下士官にわたした。

「こいつあ、すごい！」下士官がいった。「おまえ、どこで習ったんだい？」

「いま、注意して見ていました！」ふとっちょはこたえた。


「あと五発ずつだ！」大尉《たいい》が許可をあたえた。「どんな天才少年がおれたちのところへ迷いこんできたか、見てみたいものだな。」

大尉《たいい》は射撃台《しゃげきだい》の後ろに立ち、双眼鏡《そうがんきょう》で標的《ひょうてき》を見ている。

ぼくたちは大尉の後ろに押《お》しかけて、胸《むね》をときめかせながら待った。

何人かは、すでに、ふとっちょが勝つと断言していた。

ふとっちょと下士官《かしかん》の順番を、ギュンターが硬貨《こうか》を投げて決めた。

下士官が先に撃《う》つことになった。下士官は痛そうに顔をしかめながらまず片足《かたあし》を台にのせ、それからうずくまった。銃《じゅう》を砂袋《すなぶくろ》にのせて、装塡《そうてん》した。

掩蔽地《えんぺいち》から、「撃《う》ちかた始め！」のサインがふられた。

下士官はおちついて狙《ねら》いをさだめた。

「いいかね、きみ。その射撃勲章《しゃげきくんしょう》*にふさわしい射撃を忘れるなよ！」大尉《たいい》がはげました。

下士官《かしかん》は返事をしなかった。銃身《じゅうしん》がゆっくりと下がっていった。人指《ひとさ》し指《ゆび》が曲がった。

発射！

「十一、右！」*下士官は報告し、銃《じゅう》をおろした。

全員が掩蔽地《えんぺいち》に視線《しせん》を走らせた。

標的《ひょうてき》が消え、すぐに表示板《ひょうじばん》があらわれた。「十二！」

下士官は記録係に成績を報告した。

「十二。」記録係が復唱《ふくしょう》した。

「よーし！」大尉《たいい》が褒《ほ》めた。

「十、下！」下士官が報告した。

「十、下」と、掩蔽地《えんぺいち》の表示。

下士官はつづいて、十と、十一と、十二の成績を上げた。

「上出来《じょうでき》だ！」大尉《たいい》は満足げにいった。「合計、何点かね？」記録係にたずねた。

「合計、五十五点であります、大尉どの！」記録係がこたえた。

にっこりと笑《え》みをうかべて、下士官は台から立ちあがった。「さあ、おまえの番だ！」ふとっちょにいった。「もしも、おまえが五十五点か、それ以上の成績をあげたら、今夜、一本おごるからな！」

ふとっちょが射撃台《しゃげきだい》に跳《と》びあがった。

「射撃《しゃげき》は今日が初めてかね？」大尉《たいい》が質問した。

「いいえ、ちがいます、大尉どの！」ふとっちょはこたえた。「まえに、自分はお祭りの射的《しゃてき》小屋《こや》で何回もやったことがあるのであります。」

大尉《たいい》はわらった。「そんなのは、射撃《しゃげき》とはいえん！　おれが聞いているのは、本物の銃《じゅう》を手にするのは今日が初めてか、ということだ。」

「はい、それはそうであります、大尉どの！」

「五十五点は、とてもじゃないけど、撃《う》てないよ、あいつ！」ギュンターがぼくにささやいた。

ふとっちょが下士官《かしかん》のこの成績に迫《せま》ることができようとは、射撃場《しゃげきじょう》にいるだれ一人思えなかった。

ふとっちょは狙《ねら》いをさだめた。そしてすぐに引《ひ》き金《がね》を引いた。銃声《じゅうせい》がした。

「照準《しょうじゅん》ずれを報告しろ！」下士官《かしかん》が叫《さけ》んだ。

それでもまだ、ふとっちょは銃《じゅう》をおろさない。「見ませんでした！」やっと、小さな声で白《はく》状《じょう》した。
大尉《たいい》と下士官《かしかん》が、つと視線《しせん》を合わせた。
自信たっぷりに、下士官がほほえんだ。
「九、下！」向こうから合図《あいず》があった。
大尉《たいい》が、ちょっとみくびったように下唇《したくちびる》を突《つ》き出した。
二発目は、すこし長くかけて狙《ねら》いをさだめた。「十二！」ふとっちょが報告した。
事実は下から十番目の輪にあたっていた。
「十二、上！」三発目の射撃《しゃげき》でふとっちょが報告した。
また、大尉と下士官がにやっとして目を合わせた。
「十一、下」表示板《ひょうじばん》にはそう出た。
「十一、上！」ふとっちょが叫《さけ》んだ。
十二！
そして、また叫んだ。「十一、上！」
十二！
「よーし、よーし！」大尉《たいい》が大きくうなずいた。「合計点は？」

「五十四点であります、大尉どの！」記録係が報告した。

「こいつあ、たいしたもんだ！　いや、まったくたいしたもんだ！」大尉はそういって認めた。「おまえ、優秀《ゆうしゅう》な射撃手《しゃげきしゅ》だな。」ふとっちょの肩《かた》をたたいた。

ふとっちょの顔がぱっとかがやいた。ふとっちょは台から跳《と》びおりると、気をつけの姿勢《しせい》をとった。

「いや、おめでとう！　立派《りっぱ》な成績だ。」大尉《たいい》はふとっちょに手をさしのべ、力をこめてふった。

そのあいだに下士官《かしかん》がふとっちょの銃《じゅう》を砂袋《すなぶくろ》からおろしてやった。そして、はっとした。下士官は銃をもって大尉《たいい》のそばに行った。「大尉どの、重大な報告があります。」

「ん、なにかね？」大尉はふとっちょとの話を中断して、下士官に発言をうながした。

「この少年は距離《きょり》を合わせることを忘れています。五発ぜんぶを照準器《しょうじゅんき》＊一〇〇で発射しています。」

大尉《たいい》はふとっちょをじっと見つめた。「それはあってはならんことだ。しかし、ということは、この子がまさに第一級の射撃手《しゃげきしゅ》であることを証明《しょうめい》しておる。それを考慮《こうりょ》に入れた上でこの成績を見れば、きみ、きみよりもこの子のほうが腕《うで》がよかったということを認めざるをえないね！」

「そうであります、大尉《たいい》どの！」下士官《かしかん》も認めた。「自分よりも的中率《てきちゅうりつ》がよかったわけであります！」

「このこと、ハインツにすぐ手紙を書かなくちゃ。」ギュンターがぼくたちにいった。

手紙は全員で書いた。一人一人、報告したい特別の経験があったし、質問や願いごともあった。

ギュンターはすでに三枚目《まいめ》をびっしりうめていた。

そこへ、ドアがしずかに開いた。

ぼくたちはふりむいてみた。

ぼくたちの下士官《かしかん》がドアの隙間《すきま》から顔をのぞかせた。

ギュンターがさっと立ちあがって、「気をつけ！」の号令をかけようとした。が、下士官は手でさえぎった。「いいから、つづけろ！」

ぼくたちはそのままの姿勢《しせい》でいた。

すると、下士官は入ってきた。手に酒《さか》びん一本と、ウイスキーグラスをひとつもっている。

「椅子《いす》をくれ！」足を引きずって机《つくえ》に近づきながら、いった。

早くもそのときにはふとっちょが椅子をもって後ろに立っていた。

「約束は約束だ！」下士官《かしかん》はそういって、酒びんを机《つくえ》の上においた。「特にどうってほどのものじゃないが、おれのもらい分の最後の一本だ。《ドイツ・コニャック》だ。だけど、グラスがひとつしかない。さあ、みんな自分のコップをもってこい。そして、ふとっちょ、おまえはおれのそばにすわれ。」

ぼくたちはそれぞれロッカーからお茶や歯磨《はみが》き用のコップをとりだした。

そのあいだに下士官は栓《せん》をぬき、まず自分のグラスについだ。

ふとっちょはちゃっかりとコーヒー茶碗《ぢやわん》をもってきた。

下士官は目分量《めぶんりよう》で一人一人についでいった。それから、グラスをあげた。「おれたち実習生の最優秀射撃手《さいゆうしゆうしやげきしゆ》のために、乾杯《かんぱい》！」

ふとっちょが顔をあからめた。

ぼくたちは飲んだ。そして、咳《せ》きこんだ。吐《は》き出すものもいた。

ふとっちょはコーヒー茶碗《ぢやわん》についでもらったのを、一気《いっき》に飲《の》みほした。

「おいおい、それでも兵隊になろうってのか?!」下士官が小言《こごと》をいった。「ほんのちょっぴりのコニャックも受けつけんとは！　ふとっちょを見習うんだな。ふとっちょは射撃《しゃげき》の腕《うで》だけじゃなくて、こっちのほうもまるで大人《おとな》じゃないか。いい兵隊になるぞ！」

「これ、うまくないんだもの。それに、喉《のど》がひりひりします。」一人が訴《うった》えた。

「まあ、そうだろう。」下士官《かしかん》は認《みと》めてやった。「しかしな、慣《な》れることだよ。これは実習の計画表にはのってないがね、《入隊前の教練》にはつきものなんだ。飲めないものは、前線での生活には耐《た》えられんからな。ほんとだぞ、おまえたち！」

ぼくたちは黙《だま》ってきいていた。何人かは、もう一度、飲んでみている。

「おまえ、本を書いているのかい？」下士官はギュンターにきいた。

「いいえ、」ギュンターはこたえた。「ぼくたち、ぼくたちのまえの分団長に手紙を書いているんです。」

「そいつ、いま、どうしてる？」下士官はそうたずねて、またみんなについでまわった。

「曹長《そうちょう》として、東部《とうぶ》戦線《せんせん》にいます。東部戦線の北の方の部隊に。」返事はふとっちょがした。

「かわいそうに！」ぼくたちの下士官は嘆《なげ》いてくれた。「骨《ほね》まで凍《こお》るぞ。おれのようにならなきゃいいがな。」

「下士官どのも、凍傷《とうしょう》ですか？」ぼくたちはたずねた。

「まずは、膝《ひざ》を撃《う》たれたのさ。助けがくるのを待って横たわっているあいだに、足の指が凍《こお》っちまった。」

「治《なお》るんでしょうか？」

「知るもんか！　しかし、来年はまた前線行きだろうな。」

「東部《とうぶ》戦線《せんせん》の戦況《せんきょう》を、どうお考えですか、下士官《かしかん》どの？」ふとっちょが質問した。

「考えるだって？　いいかい、考えるなんてことはしないほうがいいんだ！」下士官はいいかえした。「考えたら、気が変になるよ。おれの意見はだな、ソ連とはそもそも始めなきゃよかったんだ。あっちはポーランドやフランスのように簡単《かんたん》にはいかんさ。国土が大きすぎる。」

そして、グラスをもちあげて飲《の》みほした。

「だけど、ぼくたちは勝つぞ！」一人が口をはさんだ。

下士官はそういったものをじろりと見た。そして黙《だま》ったまま、びんの残りをみんなにわけた。

「おれたちの実習のために！」そういって杯《さかずき》をあげ、立ちあがった。

ぼくたちも立ちあがって、飲んだ。

「さあ、手紙を書きあげろ。じゃあ、またあした！」下士官は足を引きずって出ていった。

## 一九四二年〔十七歳《さい》〕

### 空《くう》　襲《しゅう》

サイレンだ。ぼくはベッドから跳《と》び起きた。可能なかぎり手早く制服を着、防空帽《ぼうくうぼう》をかぶり、編《あ》み上《あ》げ靴《ぐつ》をはいた。

母は服を着るのがおそい。

父はいつも最後の瞬間《しゅんかん》までベッドからはなれない。

ドアのところで、母がぼくをつかまえた。「さあ、これをもっておいき。」そういって、サンドイッチをわたしてくれた。「いつ帰れるかわからないんだから!」階段《かいだん》の上から、また叫《さけ》んだ。「気をつけるのよ! わかった? 注意して、ね!」

一階までおりると、家主《やぬし》のレッシュ氏の奥《おく》さんがもうトランクを玄関《げんかん》のそばに出していた。彼女は向こうの公営《こうえい》の防空壕《ぼうくうごう》まで行かなければならない。夫のレッシュ氏がその防空壕の管理人なのだ。

星が輝《かがや》いていた。月は出ていない。すばらしい早春の夜だ。木の香りがする。

老人が一人、二人、もう小さなトランクやハンドバッグをさげて近くの壕《ごう》に急いでいた。

音はまだしなかった。

サーチライトがたったひとつ、空にむけて垂直《すいちょく》に光を立て、じっとしている。

よく見ると、たいていどの家も暗幕《あんまく》の端《はし》から光がもれていた。

みんな、もし対空射撃《たいくうしゃげき》がはじまったら地下室や防空壕《ぼうくうごう》に駆《か》けこもうと、ようすを見ているのだ。

ぼくはこれまで幾晩《いくばん》もそうしたように、おちついて歩いていった。これまでは、いつも、たいしたこともなくすんでいた。ここ一か月ほど、爆撃《ばくげき》はいつもぼくたちの街をやり過ごしていった。

ホームに着く手前で、空気のうなりを感じた。うなりは急激《きゅうげき》に大きくなった。

そして、あっと思うまに対空射撃《たいくうしゃげき》がはじまった。高射砲《こうしゃほう》という高射砲が一斉《いっせい》に火を吹《ふ》き、まわり一帯のサーチライトが機影《きえい》を捜《さが》した。爆撃機《ばくげきき》が見つかると、ただちに光が交差《こうさ》する。爆撃機は明るい光のなかでキラキラかがやきながら、逃《に》げようとして急上昇《きゅうじょうしょう》し急降下《きゅうこうか》し急旋回《きゅうせんかい》する。だが、その動きが照明弾《しょうめいだん》の標的《ひょうてき》となり、射程内《しゃていない》にある高射砲のすべてが一斉射撃《いっせいしゃげき》をかける。

そしてついに閃光《せんこう》が走り、つづいて起こる鈍《にぶ》い音響《おんきょう》がその機の終焉《しゅうえん》を告げた。翼《つばさ》と胴体《どうたい》がばらばらになって、光のなかをきらめきつつ、よろめきつつ、落ちていった。サーチライトはただちにつぎの機影《きえい》を追って動いた。

落ちてくる裂片《れっぺん》で空気がびんびんするので、ぼくはそばの建物《たてもの》の入り口に避難《ひなん》して、そこから空の活劇《かつげき》をながめた。けれども破片《はへん》の雨はいよいよはげしくなるし、鋭く熱い鉄片《てっぺん》が舗道《ほどう》から再び高く舞《ま》い上がる。やむなくぼくは建物の内がわに入った。

通りはもうからっぽだった。人影《ひとかげ》はどこにも見えない。家々の窓《まど》の縁《ふち》や暗幕《あんまく》の隙間《すきま》からもれる光もいまはなく、すべてが黒々としている。空中に花火があがったときだけ、その照《て》り返《かえ》しが家や通りや木々を明るく浮《う》き上がらせた。

ぼくの後ろで、そのアパートの住人が大あわてで地下室への階段《かいだん》をおりていった。おそらく一番あとになった人たちだろう。ひどく興奮して、「今夜は来るぞ!」と、息もきれぎれにいっているのがきこえた。

また、ぼく一人になった。通りを向こうへわたりさえすれば、もうそこがホームだ。みんなが待っているにちがいない。だが、爆撃機《ばくげきき》の編隊《へんたい》は、いまやまっすぐこちらにむかってくる。無数の飛行機の爆音《ばくおん》が頭上におそいかかった。とっさにぼくはその場にうずくまった。怖《こわ》い。

ま上で、ヒューッという音。

床《ゆか》に伏《ふ》せた。

その音が高まる。

壁《かべ》にすりよった。

音が飛行機の爆音《ばくおん》を凌《しの》ぎ、対空射撃《たいくうしゃげき》の砲声《ほうせい》を凌いだ。

ふるえがとまらない。

ドッカーン！

この静けさ！　爆音《ばくおん》と射撃音《しゃげきおん》だけの、この静けさ！

壁《かべ》も崩《くず》れてこない！　ほこりも舞《ま》い上がらない！

と、パチパチはぜる音がした！

顔を上げてみた。

焼夷弾《しょういだん》だ！

「あっちもこっちも燃えてるぞ！」そう叫《さけ》びながら、ぼくはホームの地下室にころがりこんだ。

みんなはまっ青《さお》な顔で、消え入らんばかりに小さくなっていた。

ギュンターが肩《かた》をすくめた。「出動命令《しゅつどうめいれい》がまだ出ないんだ！」

ぼくはみんなといっしょになって腰《こし》をおろした。

だれも口をきく元気もない。ぐっと身をちぢめて、地下室ににぶくひびいてくる外のようすにただ耳をかたむけている。

「ふとっちょだけ、まだなんだ。」しばらくして、ギュンターがいった。

「きっと、すぐに目がさめなかったんだ。」だれかがいった。

「もしかしたら、途中《とちゅう》でどこかの地下室にもぐりこんだのかもな。」ぼくも考えてみていった。

そこへ、またもやつぎの攻撃《こうげき》の波がきた。地下室の壁《かべ》が外の騒音《そうおん》とともにゆれる。高射砲《こうしゃほう》の発射音が建物《たてもの》全体をぐらぐらさせた。

と、ヒューッという音。

みんな、身をちぢめて小さくなった。

落ちた。すぐ近くだ。

建物《たてもの》全体が持ちあげられ、どすんと沈《しず》んだ。

隅《すみ》で横になっていた一人が、ベンチからころがりおちた。

電灯《でんとう》が消えた。

ドアがさっと開いた。

「ヒヤーッ!」だれかが叫《さけ》んだ。

「明かりだ!」反対がわで、だれかがどなった。

みんな、マッチを探した。

やっとのことで、一本目のろうそくがついた。

まずドアを閉《し》めた。

爆撃機《ばくげきき》の編隊《へんたい》は休む間もなく波状攻撃《はじょうこうげき》をかけてくる。

「前線にいるほうがましだな。」ギュンターがいった。「攻撃《こうげき》をかけられたら、ハインツは少なくとも防戦できる。——だけどぼくたちはここでただじっと小さくなって、やられているだけじゃないか。——こんなの、たまんないよ! うずくまって、すむのを待ってる、なんにもできやしない。——空は一面、爆撃機《ばくげきき》だというのに!」

突然、年少者の一人が立ちあがった。そして、ドアの方へ走った。

「どこへ行くんだい?」ギュンターがたずねて、ドアの前に足を踏《ふ》みだした。

泣いている。「出してくれ! お母ちゃんのとこへ帰るんだ! 出してったら!」そして、ギュンターの足を蹴《け》った。
ギュンターはその子をしっかりつかまえた。「いま、出ていくなんて、だめだよ！」
「いいよ、いいよ！」泣きわめきながら、ギュンターを押《お》し倒《たお》した。
二人は泥《どろ》まみれになって、もみあった。
ドッカーン！
ろうそくがみんな消えた。
ドアが枠《わく》からはずれた。
ガラスが飛び散る。
瓦礫《がれき》の粉がなだれこむ。
大きな石の塊《かたまり》が地下室の階段《かいだん》をころがりおちてきた。
燃えている外の明かりがゆれる炎《ほのお》となって、地下室を照《て》らしだした。
みんな、咳《せ》きこみ、目をこすり、だいぶたって、やっと正気《しょうき》づいた。
「あいつ、どこにいる？」赤い炎《ほのお》のゆれる暗闇《くらやみ》で、ギュンターがきいた。
少年はいなくなっていた。
「出ろ！」命令が地下室にひびきわたった。「道具をもって！　助けだすんだ！」

ホームの前は、巨大《きょだい》な瓦礫《がれき》の山だった。ついさっきぼくが避難《ひなん》していた家の瓦礫だ。

まず全員が自分の家に走った。ギュンターとぼくも。

「ここに、ホームの前に、すぐまた集合だ！」ギュンターが叫《さけ》んだ。

どの通りも、もうもうたる瓦礫《がれき》の土ぼこりがあがっている。通りの家並《やな》みはぜんぶ消えてなくなっていた。瓦礫の山のあちこちから、一メートルもの炎《ほのお》があがっている。男、女、子どもがその瓦礫のあいだをよじのぼってはおりて、走りまわっている。大声でせっぱつまった叫《さけ》びをあげながら。絨毯爆撃《じゅうたんばくげき》がまだつづいていることには、もうだれ一人気もとめていない。対空《たいくう》射撃《しゃげき》の燃える火の粉《こ》にもおかまいなしだ。

年とった男がぼくの手からスコップをもぎとった。「おれのほうが緊急《きんきゅう》なんだ！」そして、瓦礫《がれき》の山のひとつに突進《とっしん》して、気が狂《くる》ったように掘《ほ》りはじめた。

ぼくたちのアパートは窓《まど》ガラスがなくなっているだけで、無事だった。

ぼくはただちに引き返した。

ホームの向かいで、すでに何人かの男が掘《ほ》っていた。

「ここにまだ何人か埋《う》まっているんだ！」一人がいった。「なかから合図《あいず》が聞こえたんだ。さ、早くきて手伝え！」

しばらくして、ギュンターも来た。「だいじょうぶだった！　屋根の骨組《ほねぐ》みが燃えただけだ。」そういって、作業に加わった。

ぼくたちは瓦礫《がれき》の石をのけはじめた。道具はない。素手《すで》だ。小さな石は放《ほう》り投げ、大きな石は力をあわせてころがした。手に負えない塊《かたまり》はあとにした。

ぼくたち二人のほかは、だれももどってこなかった。

爆撃《ばくげき》はしだいにおさまってきた。爆音《ばくおん》も聞こえず、高射砲《こうしゃほう》も鳴りやんでいる。サーチライトだけがまだ空を捜《さが》していたが、それも一つ消え、また一つ消えていった。そして、警報解除《けいほうかいじょ》のサイレンが鳴った。

ほこりがおさまると、街の上空があかあかと燃えているのが見えた。たった一台の消防車が、ずっと遠くの目的地にむかって走っていった。夜が明けはじめた。

一時間ほどしたとき、女の人がつるはしを一本もってきてくれた。男たちが交代《こうたい》で大きな塊《かたまり》の瓦礫《がれき》を動かせる大きさに砕《くだ》きはじめた。

ギュンターとぼくがその塊《かたまり》を道路の端《はし》まで押《お》していった。

ときどき作業をやめて、下からの合図《あいず》に耳をかたむける。そして腹這《はらば》いになって両手をメガホンにして口にあて、瓦礫《がれき》の底にむけてどなった。「がんばれ！　もうすぐだぞー！」

ほかの男や女たちも集まってきて、加勢《かせい》した。よぼよぼのおばあさんまで、ふるえる手で石をとりのぞいている。

いつのまにか、明るくなっていた。頭上にはまっ青《さお》な、美しい早春の空がひろがっていた。ところどころに灰色《はいいろ》の煙《けむり》をたなびかせながら。

手が痛くなってきた。目もちかちかする。

男たちはつるはしの柄《え》のほうで地下室の入り口を掘《ほ》っていった。泥だらけの瓦礫《がれき》のなかから血まみれの手が現れた。

まもなくもう片方《かたほう》の手も見えた。

そっと掘《ほ》りすすめ、両腕《りょううで》を出した。

男たちが腕《うで》をつかんで引っぱった。

瓦礫《がれき》がくずれる。

ぼくたちが穴《あな》をひろげる。

また男たちが引っぱる。

泥《どろ》がべったりついた顔が出てきた。閉じた目。傷《きず》だらけの頬《ほお》。

引っぱる。

胴体《どうたい》が出てくる。服はぼろぼろで見分けがつかない。

また、引っぱる。

ひざから下はめちゃめちゃだった。足は押《お》し潰《つぶ》され、血と泥《どろ》につつまれた、ただの肉塊《にくかい》になっていた。

「死んでいる！」掘《ほ》っていた男の一人がいった。

みんなして、瓦礫《がれき》の上に横たえた。

ギュンターが屍《しかばね》に近寄《ちかよ》って、顔の泥をぬぐった。そして、ぼくの方をふりかえり、いった。

「ふとっちょだ！」

「さあ、次だ！」男がぼくたちをうながした。

## 配置転換《はいちてんかん》

その建物《たてもの》は小さな公園のまんなかにあった。一般には《ユダヤのお城》と呼《よ》ばれていたが、以前の持《も》ち主《ぬし》を偲《しの》ばせるものは入り口の上のゴシック風飾《かざ》り格子《こうし》についている六つのとんがりをもった星だけで、それさえ半分以上も《ヒトラー・ユーゲント連隊本部》の看板《かんばん》に隠《かく》されていた。ぼくたちは広い、彫《ほ》りのある木の階段《かいだん》を二階へのぼっていった。そして、《連隊長控室《ひかえしつ》》と書かれたドアをノックした。

なかには大きく突《つ》き出た机《つくえ》に、ドイツ少女同盟《どうめい》のリーダーが茶色のヴェスト姿《すがた》ですわっていた。彼女は頭をあげ、低い声で挨拶《あいさつ》にこたえてから、ぼくたちの顔をかわるがわる見た。

ぼくたちはそれぞれポケットから手紙をとりだして、わたした。

ギュンターが言葉をそえた。「ぼくたち、連隊長のところに出頭《しゅつとう》するよう命令を受けてきました。」

彼女は手紙を受けとり、あらためてぼくたち二人をじろりと見た。

「なんで呼《よ》ばれたのか、知りたい……」ギュンターがさらにつづけた。

「それは連隊長がご自分でおっしゃるでしょ。」やさしく、しかし、きっぱりとリーダーはギュンターの言葉をさえぎった。「かけて待ってらっしゃい。いま連隊長はお客だから。でも、まもなくすむと思うわ。」そういうと、もうぼくたちにはかまわず、仕事をつづけた。

ぼくたちは窓《まど》ぎわにあった椅子《いす》の二つに無言《むごん》のまま並《なら》んで腰《こし》かけた。

天井《てんじょう》の高い、木の壁《かべ》の部屋は、しんと静まりかえっていた。二枚扉《にまいとびら》の向こうがわ、連隊長の部屋から声が聞こえるだけだった。ドアのそばの事務机《じむづくえ》の上に、とてつもなく大きな総統《そうとう》の写真がかかっていた。灰緑色《かいりょくしょく》の軍服姿《ぐんぷくすがた》のヒトラーは、居丈高《いたけだか》に、尊大《そんだい》な顔つきで、ぼくたちを見下ろしていた。

ふいに、二枚扉《にまいとびら》の片方《かたほう》の把手《とって》が下におりた。

ドイツ少女同盟《どうめい》のリーダーは間髪《かんはつ》を入れずはじかれたように立ちあがり、気をつけの姿勢《しせい》をとった。そして、ぼくたちにもそうするよう、合図《あいず》した。

ドアが少し開いた。

向こうの話がはっきりと聞こえた。「では、まずは、志願兵募集強化《しがんへいぼしゅうきょうか》のためにきみがどんな手を打ったか、そのすべてについて、詳細《しょうさい》な、分類された報告を待つことにしよう。」

「かしこまりました、司令官どの！」別の声がそうこたえた。

ドアが開いた。茶色の制服を着た男が二人、ぼくたちの連隊長に見送られて出てきた。

ぼくたちは挨拶《あいさつ》した。

二人はドイツ少女同盟《どうめい》のリーダーにちょっとうなずいてみせたが、ぼくたちには目もくれなかった。

連隊長は二人を外まで見送った。客の先に立ってドアを開けようと二人を追いぬいたとき、右手の茶色の革手袋《かわてぶくろ》をはめた義手《ぎしゅ》が木製《もくせい》の壁《かべ》にコツンと当たった。

「二人は――あの人、ぼくたちの地方長官じゃないですか？」ギュンターが小声でたしかめた。

「そう。そしてもう一人は帝国青少年指導局《ていこくせいしょうねんしどうきょく》*の司令官よ。」彼女がおしえてくれた。そして、ため息をついた。「えらい人が訪ねてくると、きまっていやな報《しら》せだわ。」

早くも連隊長がもどってきた。連隊長はぼくたちを見て、きいた。「きみたち、なんの用だ？」

「失踪《しっそう》した少年のことです。」ドイツ少女同盟《どうめい》のリーダーがぼくたちに代わってこたえた。

ギュンターがギクッとして、目を大きく見開いた。

連隊長は義手《ぎしゅ》でぼくたちを押《お》して、部屋に入った。合図《あいず》をうけて、彼女もメモ用紙と鉛筆をもってついてきた。連隊長はまずぼくたちの前に黙《だま》ってつっ立った。それから、部屋のなかを大股《おおまた》で歩きまわりはじめた。右手はぶらんとたれたままで揺《ゆ》れ、左手はおちつかないしぐさで鉄十字第一等勲章《てつじゅうじだいいっとうくんしょう》と金の傷痍軍人記章《しょういぐんじんきしょう》をもてあそんでいる。「困ったな！」つぶやいた。「困ったことになった！」ふいに、ぼくたちの前にきて立ちどまり、ギュンターにいった。「報告書を作成しなくてはならん！　どうしてこんなことになったんだ？」

ギュンターが、あの年少の少年が爆撃《ばくげき》の最中《さいちゅう》に発作的《ほっさてき》に度《ど》を失い、地下の防空壕《ぼうくうごう》から駆《か》けだしてしまった事《こと》の次第《しだい》を報告した。

ドイツ少女同盟《どうめい》のリーダーが隅《すみ》でそれを筆記した。

ギュンターがすべてを報告しおわると、連隊長はぼくの方にむいた。「おまえもその場にいたんだな？ 分団長がいまいったことをそのまま証人として保証できるかね？」

「はい、できます、連隊長どの！」

連隊長はまた部屋のなかをコツコツと歩きはじめた。「その少年はその時刻《じこく》以来《いらい》いなくなったというんだな。なんにも、死体はおろか、衣服のきれはしひとつ見つからないのか。――なんということだ！」連隊長はぼくたちの前にきて、立ちどまった。そして、ギュンターをにらみつけた。「おまえは責任者だったんだぞ！」

ギュンターは下唇《したくちびる》をぐっとかんだ。

「ヒトラー・ユーゲントにこの事件が汚点《おてん》となって残ることは許されん。――とすれば、どうすればよいか？」連隊長はちょっと考えた。「おまえ、いくつだ？」ふいに、ギュンターにたずねた。

「十六歳《さい》です。」ギュンターがこたえた。

「残念だな。足りない！」連隊長はくやしがった。「でなければ、志願《しがん》することを勧《すす》めたんだが。そうしたら、それですべて解決だったんだがな。」そしてまた歩きはじめた。

ギュンターの手が小刻《こきざみ》みにふるえだした。見るもあわれにうちひしがれている。

「おまえを分団長としてとどめておくことはできん。」連隊長がいった。

ギュンターの顔があおざめた。

連隊長は左手をギュンターの肩《かた》においた。「心配するな！　配置転換《はいちてんかん》にしよう、この事件が忘れ去られるまでな。」

## 変化

家に帰ると、父が台所に立っていた。ぼくの「ただいま」に不機嫌《ふきげん》にこたえてから、「どこに行っていたんだ？」と問いただした。「勤務《きんむ》だよ！」ぼくはこたえた。

「母さんは店《みせ》に行ってならんでいる。ほんもののコーヒーの特配《とくはい》があるんだ。」父がいった。

ぼくはパンケースに手をつっこんだ。だが、ケースはからっぽだった。

「手を引っこめろっ！」父がどなった。「おれたちだっておなかがすいている。ご飯《はん》まで待つんだ。そしたら、公平にみんなで分ける。それぞれ食料切符《しょくりょうきっぷ》のわりあてどおりにだ！」

ぼくは不承《ふしょう》ぶしょう机《つくえ》のそばの椅子《いす》に腰《こし》かけた。

父はぼくに背《せ》をむけた。窓《まど》ガラスがなくなってしまったあとにはめこんだ針金入りガラスを、なにか直している。しばらくして、質問した。「ギュンター、どうかしたのか？」

ぼくはギュンターが配置転換《はいちてんかん》になったいきさつを話した。

「で、だれがその後任《こうにん》になったんだ？」父が詰問《きつもん》した。

「別の団からきた、知らない子。」

父は鼻《はな》をならした。しばらくのあいだ沈黙《ちんもく》がながれた。そして、またいいだした。「おまえはどうなんだ？　どうして、おまえが後任《こうにん》の分団長にしてもらえないんだ？」

「知らないよ！」

「おまえ、なんの努力もしなかったのか？」父が問《と》い詰《つ》めてきた。

「ぼくだって、してほしかったさ。」ぼくは白状《はくじょう》した。「だけど、指名《しめい》してくれないんだもん。」

父がこちらをむいた。「なんてやつだ、おまえは！」絶望的な調子でそう決めつけた。「もう何年、ドイツ少年団に在籍《ざいせき》し、ヒトラー・ユーゲントに入団しているんだ？　それなのに、なんだ、おまえは？――ハインツ！――まあ、あの子はおまえより年上だったし、それに父親の地位もあった。――しかし、ギュンターでさえ、あの……、うん、その……、ああいう父親の息子《むすこ》でさえ、分団長になれたんだぞ！　おれは党員《とういん》だ。――それで、おれの息子は？――わからん、わからんよ！」

ぼくはなんとこたえていいかわからないまま、机《つくえ》のそばにすわっていた。

車道のまんなかに巨大《きょだい》な穴《あな》が口をあけていた。車道の両がわには、見上げるばかりの瓦礫《がれき》の山がつづいている。それは何百メートルにもわたって、どう回《まわ》り道《みち》をしようもない状態《じょうたい》をつくりだしていた。

三十人ほどのソ連兵の捕虜《ほりょ》が鎖《くさり》のようにつながって、大小さまざまの瓦礫《がれき》をはこんでいた。それで穴《あな》をふさごうというわけだ。疲《つか》れきってよろよろしながら、よじのぼったり、おりたりしている。

「この道、二時間後には通行開始だぞ！」ギュンターのお父さんが確認《かくにん》するようにいった。銃《じゅう》を肩《かた》からぶらさげ、通りの端《はし》に立って、たばこを巻きながら作業を監視《かんし》している。ときどき、捕虜《ほりょ》にむかって「ダヴァーイ！　ダヴァーイ！」とみょうに引っぱった言い方で叫《さけ》んだ。

「《ダヴァーイ！　ダヴァーイ！》って、なんですか？」ぼくはたずねた。

「急げ！　急げ！　だ。」お父さんは説明してくれた。「しかし、ソ連兵らの耳にむけていってるんじゃない。」

「捕虜《ほりょ》たち、あれ以上速くは働けないよね。はらぺこでいつ倒《たお》れて死ぬかってようすだもの。」ぼくはいった。

「そうなんだ。事実、そうなるやつがいる。」お父さんがおしえてくれた。「キャベツのスープだけだもんな。キャベツのスープ、キャベツのスープ、キャベツのスープ……。」そしてほとんど吸《す》ってないたばこをもみ消すと、爆弾《ばくだん》の穴《あな》にむかって投げた。

あっと思うまに、二人の捕虜《ほりょ》がもっていた瓦礫《がれき》を放り投げてたばこに突進《とっしん》した。

ギュンターのお父さんは、二人がもみあっているあいだ、ぷいと横をむいていた。

「かわいそうなやつらだ！」そうつぶやいた。

「だけど、ぼくたちだってなにもかも足りないんだもの。」ぼくは反論《はんろん》した。

お父さんは黙《だま》ってぼくを見つめた。

「捕虜《ほりょ》にぼくたちよりいい暮《く》らしをさせなきゃならないんですか？」ぼくは食いさがった。

ギュンターのお父さんは、ふーっと息を吐《は》いた。そして、小声でいった。「ああ、どうなることか。この戦争に負けたら！　おれたちがあの人たちにやったことの釈明《しゃくめい》をもとめられたら、責任を問《と》われたら、……。いや、考えてみることもできん……」言葉がとぎれた。

ぼくは捕虜《ほりょ》たちの顔を見てみた。うつろな、無表情な顔だ。

「この戦争、負けられんぞ！」ギュンターのお父さんがまた力をこめていった。「絶対に負けられん！　召集《しょうしゅう》があったら、おれはまた前線へ行く！　絶対に勝たなきゃいかんのだ！」

「ギュンターにもそういったんですか？」ぼくはたずねた。

「ギュンターがおまえらの友だちのハインツみたいに志願《しがん》するといえば、――おれは反対せんよ。前線に行ったほうが祖国《そこく》のために働ける、銃後《じゅうご》にいるよりもな。――毎晩毎晩、防空壕《ぼうくうごう》にもぐるだけじゃないか。それに、少なくともみんなに尊敬《そんけい》される軍服が着られる。」

「だけど、おじさんはずっと戦争に反対だったじゃないですか。」ぼくは反論してみた。

「戦争、ふん、戦争か。」お父さんはくりかえした。「おれにはな、もうとっくに戦争とかヒトラーとかが問題じゃなくなってるんだ！　おれは、このドイツが心配なんだ！　もし、おれたちがこの戦争に負けてみろ。ドイツはどうなる？　なくなるぞ。だから、勝たなくてはいかんのだ！」

黒っぽい車がぼくたちのすぐそばで急ブレーキをかけた。

後ろのドアが開いて、ハインツのお父さんが呼《よ》んだ。「きみたち、さあ、急いで乗ってくれ!」

ぼくたちは大急ぎで乗った。ギュンターが先に、つづいてぼくが。挨拶《あいさつ》はしたが、話はできなかった。運転手のそばの車に備付《そなえつ》けのラジオが軍司令部《ぐんしれいぶ》のニュースを伝えていたからだ。ぼくたちは黙《だま》って聴《き》いた。

ハインツのお父さんの仕事部屋に入って、はじめてぼくたちは話しあった。

お父さんはぼくたちをふかふかのソファーにすわらせておいて、本棚《ほんだな》のわきの棚から小さなグラスを三つ出した。そして、本の後ろから酒びんをとりだして、ぼくたちに見せた。「本ものフランスのコニャックだ!」声をひそめてそういうと、栓《せん》をぬいた。「ちょっとしたものだよ! 特別の機会にとってあったんだ!」グラス三つになみなみとそそぐと、立ったままでグラスをもちあげた。

ぼくたちはやわらかいソファーからよいしょと立ちあがって、グラスを手にとった。

「今朝《けさ》、報《しら》せがあった。」お父さんが乾杯《かんぱい》の言葉を述べはじめた。「ハインツが見習士官《みならいしかん》*に任《にん》命《めい》されたんだ。」そこでちょっと間《ま》をおいた。「きみたちはあの子の友だちだ。さあ、ハインツの幸運を祈《いの》って、乾杯《かんぱい》しよう！」そして、一気《いっき》に飲みほした。

ぼくたちもお父さんを見習って飲みほし、それから、お祝《いわ》いをいった。

またソファーにすわると、お父さんはまずぼくたちの近況《きんきょう》をたずねた。それから、ハインツのことをいろいろ話した。はじめは明るい元気な話だったが、しだいに真剣《しんけん》な口ぶりになり、とうとうポツリといった。「これでハインツはまた前線に送られるだろう。——」

しばらく沈黙《ちんもく》がつづいた。——「きみたち三人がいっしょでなくて、残念だな！　いっしょにいたら、お互《たが》いに気をつけあうこともできただろうに。きみたちはあの子をよく知っている。あの子がどんなだか、きみたちは知っている。あの子はなにかをするとき、いつも全力投球《ぜんりょくとうきゅう》だ。——だれか、ちょっと注意してやるものがあの子には必要なんだよ。」お父さんは黙《だま》って
ぼくたちのグラスをまた満たした。

ぼくたちは無言《むごん》のまま飲んだ。

ふいに、ハインツのお父さんは、思いに沈《しず》みながら、聞こえないほどの声で、ほとんどささやくようにいった。「わたしがついていてやれればね。あの子はわたしのたった一人の子どもなんだよ！」お父さんの目が光った。

ぼくたちは立ちあがった。

お父さんは咳《せき》ばらいをし、ぼくたちをドアのところまで見送った。別れぎわに握手《あくしゅ》をしたとき、ぼくたちにいった。「きみたちが、学童疎開《がくどうそかい》*の任務《にんむ》にまわしてもらえるように手配《てはい》しよう。そうすればこの空襲《くうしゅう》さわぎより少しはましだし、一度ぐっすり眠《ねむ》れるだろうからな。」

## 学童疎開《がくどうそかい》

ぼくたちは弱い電球の薄暗《うすぐら》い光のもとにすわっていた。それぞれの前に、靴下《くつした》が山とつまれている。ねずみ色のもの、青のもの。床《ゆか》につみあげられたその靴下は、つくろい用のたまご型《がた》の当てものがスポリとぬけおちるほどの大きな穴《あな》のあいたものや、もうぼろぼろになっていてつくろい糸を使うのがもったいないと思われるほどのものが多かった。それを、ぼくたちはつくろった。もう今夜で三晩目だ。つくろってもつくろっても、山は小さくならなかった。

「きょう、《信《しん》と美《び》》*に行ってたのんでみたんだ。」ギュンターが話しだした。「いやだってさ。リーダーも女の人たちも時間がないんだって！　みんな、戦時下《せんじか》協力《きょうりょく》で動員《どういん》されていますから、って。仕事がすんで家に帰ったらもうくたくたで、自分のものをつくろう元気もないっていうんだ。三十人の男の子の靴下《くつした》つぎ、だからひきうけてはくれなかった。」

「それなら、これ、どうなると思う?」ぼくはたずねた。「十歳《さい》の子どもたちにおしえこむまで、あの子たち、はだしでいなくちゃならないじゃないか。それにさ、こんなに毎晩毎晩、夜中まで靴下《くつした》つぎをしてられやしないよ。昼間《ひるま》の仕事の準備を、いつ、どこですればいいんだい?」

ギュンターが手を休めていった。「あしたの朝、もういっぺん教会の聖歌隊《せいかたい》にきいてみるよ。もしかしたら、手伝ってくれるかもしれない。」そしてしばらく黙《だま》った。「せめてここの所長が手伝ってくれたらなあ! だけど、だめだ! あの所長はなにもかも下部《かぶ》のリーダーにさせておいて知らん顔だからな。」

眠気《ねむけ》がおそってきた。つくろいものの上に倒《たお》れこみそうになるのを、ぼくは必死でがまんした。

となりの寝室《しんしつ》はまだ静かにならない。

「あの子たち、家じゃあ空襲《くうしゅう》で眠《ねむ》れないし、ここにくるとホームシックで寝《ね》つけないんだな。」ぼくがいった。

ギュンターもこっくりこっくりしはじめた。

ぼくたちは競争であくびをした。

ギュンターが毛糸を歯でかみきって、つくろいおわった靴下《くつした》をできあがったものの上においた。「ぼくはね、この学童疎開《がくどうそかい》にいるのが残念でたまらないんだ。」ギュンターはひそひそ声で打ち明けた。「こんなところにいたら、なんにもできやしない。昼間は子どもの面倒《めんどう》を見て、夜は靴下《くつした》つぎ。なにもかも、まったく無意味だよ！　ぼく、ハインツみたいに志願《しがん》したいんだ。」そして、大きな山からまた一足《いっそく》とりだして、つくろいはじめた。

そのとき、だれかがドアをノックした。

「はい！」ギュンターがいった。

ドアがそっと開いた。

入ってきたのは寝室《しんしつ》の男の子の一人だった。白いパジャマの上着が足までとどいている。髪《かみ》の毛は逆立《さかだ》ってくしゃくしゃだ。明るさに目をパチクリさせてから、手をあげて挨拶《あいさつ》した。

「ハイル　ヒトラー！」

めんどうくさそうに、ギュンターが挨拶《あいさつ》をかえした。「ハイル　ヒトラー！」

ぼくも口のなかでもぐもぐと挨拶した。

「なんだい？」ギュンターがたずねた。「なんで、こんな夜中にやってきたの？」

その子はちょっとためらってから、こたえた。「ぼく、知らせておいたほうがいいと思って。

パウルがいなくなったの。」

ギュンターとぼくは跳《と》び上がった。

ギュンターの顔が見る見るあおざめた。口は大きく開いたままだ。

興奮《こうふん》して叫《さけ》んだ。「どこへ行ったんだ？」

男の子は肩《かた》をすくめた。「ぼく、知らない！」

ギュンターはつくろいかけていた靴下《くつした》を手早くかたづけた。針《はり》を毛糸の玉にさした。「パウル、いつからいないんだ？」

男の子は手つきで説明しようとした。「もう、だいぶまえから。」

「なんで、もっと早く報告しなかったんだ？」

「パウルがいわないでくれっていったんだもの。それに、ぼく、パウルは自分からかえってくると思ったんだ。」


寝室《しんしつ》の電灯《でんとう》がつけられると、すでに眠《ねむ》っていたものも、すぐ目をさました。

ギュンターはパウルのベッドに進んだ。

ベッドはいかにもパウルがふとんのなかにいるようにしつらえてあった。パジャマと、新聞紙をつめた包《つつ》みがつっこんである。さわると、冷たい。ほかにはなんの異常《いじょう》もない状態《じょうたい》にしてあった。

ギュンターはパウルのロッカーに走った。

ロッカーは開いていた。リュックサックがなくなっている。棚《たな》に三、四枚の下着が残っているだけだ。汚《よご》れた下着はまるめられてロッカーの床《ゆか》をおおっていた。

「おいっ、みんな、」ギュンターが口をひらいた。「協力してくれ。パウルがいなくなった。どこへ行ったか、だれか知らないか？」

隅《すみ》で一人が手をあげた。「あいつ、いっつもいってたよ。家に、お母ちゃんのとこに帰りたいって。」

「パウルはお金をもっていたのか？」

「ぼくから一マルク借《か》りてったよ。家に帰りついたら、送るからって。」

「ぼくは、五十ペニヒあげた。」

「パウルはどうやって帰るつもりだったんだ？」

「歩いて。それから、無賃乗車《むちんじょうしゃ》で。」

「パウル、道は知ってるのかい？」

「川ぞいに橋まで歩くんだって。そこから先は道路標識《ひょうしき》があるだろ。」

「じゃあ、沼《ぬま》を行ったんじゃないか！」ギュンターが叫《さけ》んだ。「ほかになにか大事なことを知ってるものは？　すぐにパウルを追いかけなくちゃ！」

子どもたちは考えこんだ。

「パウル、途中《とちゅう》の食料にするんだって、いっしょけんめいパンをためてたよ。」一人が報告した。

「なにを着ていた、パウルは？」ギュンターが思いついてたずねた。

「短《たん》ズボンに茶色の開襟《かいきん》シャツ！」子どもたちがこたえた。

「よし、わかった！」ギュンターが質問を終えた。「きみたち、おちついているんだぞ。ぼくはパウルを追いかける。そして、つれもどしてくるから！」

ぼくたちは電灯《でんとう》を消して、寝室《しんしつ》を出た。

寝室は不気味《ぶきみ》にしずまりかえっていた。

「沼《ぬま》まではほぼ一時間だ。」ギュンターは計ってみた。「とすると、パウルはもう沼だ！

——もしかしたら……」ギュンターがぼくを見た。

ぼくは別の意見をいった。「道をとおっては行かなかっただろう。川ぞいに行ったら、もっとかかるよ。」

二人とも、眠気《ねむけ》など、ふっとんでいた。

「だめだ！」ギュンターがうめいた。「どうやって追いつける？」

ぼくはあれこれ考えてみたが、——むだだった。

ギュンターの指がいらいらとせわしなく動いている。

「この時間、沼《ぬま》の方へ行く列車はないしな！」ぼくがいった。

ギュンターはあっちへ行ったりこっちへ来たり、うろうろするばかりだ。

「所長の自転車！」ぼくが思いついた。

すぐにギュンターが走りだした。ぼくも走った。

所長の部屋のドアをたたいた。

返事がない。

ぼくたちは把手《とって》をガタガタゆすった。

開けるものはいなかった。

「また外出だ！」ギュンターが歯ぎしりした。絶望のため息をついた。「ここには頼《たよ》りになる人間は一人もいないんだから！」

ぼくたちは階段《かいだん》をおりていった。

自転車は納屋《なや》にあった。鎖《くさり》で一本の支柱《しちゅう》につないで鍵《かぎ》をかけてある。

「どうする？」ギュンターががっかりしてきいた。

「すぐに警察《けいさつ》に届けなきゃ！」ぼくはいった。

ギュンターは反対した。「警官《けいかん》が探しはじめるまでに、手遅《ておく》れになる。いますぐなにか手を打たなくちゃ。」

ぼくは自転車をじっと見た。「なら、この鎖《くさり》、引きちぎろう。」

ハンカチを使ってなんとか鎖をはずすことに成功した。車輪のスポークが三本とれ、ホークが曲がった。——だが、走行《そうこう》には支障《ししょう》ない。

ギュンターがとびのった。「警察《けいさつ》にとどけるのは待ってろ！　子どもたちを看《み》ていてくれ！」

そうぼくに命令して、立ち上がってこいでいった。ふりかえりもせずに遠ざかっていった。

寝室《しんしつ》に入っていくと、子どもたちはまだ話しあっていた。ぼくは明かりをつけて、パウルのベッドへ行って腰《こし》をおろした。

みんなはぼくにかまわず、沼《ぬま》での行動について意見をたたかわせている。考えに沈《しず》み黙《だま》ってベッドにすわりこんでいるものもあった。

ふいに一人がいった。「パウルのお父さん、戦死したんだ。パウルには兄弟がいないし、お母さん、一人ぼっちだろ。だから、家に帰りたかったんだよ。」

「見つかったら、パウルのお葬式《そうしき》、ここでするの？　それとも、家で？」別の一人がたずねた。

ぼくはなにか別の話題を出そうとこころみたが、できなかった。ぼくの頭も少年たちの思いもパウルのことでいっぱいなのだ。

「ぼくは一人ぼっちで死ぬの、いやだな。」パウルと並《なら》んだベッドの子がいった。

と、そのとき、寝室《しんしつ》のドアが勢《いきお》いよく開いた。

みんな、一斉《いっせい》にそちらを見た。

入り口に所長が立っていた。「なんだ、このありさまは？」どなった。「なにをいまごろまでがやがややってんだ！」

ぼくは事件の報告をしようと、立ちあがった。

だが、所長はものもいわせずにどなりつけた。「この夜中《よなか》に無駄話《むだばなし》の時間をつくってやってるのか、え？　おまえ、たいくつしたんだろ！　それで子どもたちのところへのこのこやってきて、眠《ねむ》らせないでしゃべってるんだな、え?」所長は酒のにおいをプンプンさせている。

「ギュンターはどこだ?」

ようやくのことで、ぼくはなにがおこったかを所長に話すことができた。そして、所長の自転車を使ったことも報告した。

所長はなにもいわずにとびだしていった。そして、切れた鎖《くさり》を手に、もどってきた。すさまじい勢いで荒《あ》れ狂《くる》っている。ぼくにあびせる罵《ば》声《せい》の一言一言がますます自分の気持ちを高ぶらせるらしい。

少年たちはふとんのなかにもぐりこみ、細い隙間《すきま》から怒《いか》り狂《くる》っている所長とぼくを見ていた。

「警察《けいさつ》の人は、もうここへ来たのか?」所長がきいた。

ぼくはほんとうのことをいった。

それをきくと、所長は急に静かになった。そしてささやくほどの声で確かめた。「この失踪《しっそう》事件《じけん》を、警察《けいさつ》にすぐ届《とど》けなかっただと? それでリーダーが務《つと》まると思ってるのか?」所長はくるりと向こうをむいて、出ていった。

約一時間後、二人の警官《けいかん》が現れた。まずぼくから、つづいて寝室《しんしつ》の子どもたちから事《こと》の次第《しだい》をすべて報告させ、重要と思われることを書き留《と》めた。それから、パウルの持ちものを、ロッカーに残っていたもの全部、押収《おうしゅう》した。

所長は、ギュンターとぼくがかれの自転車の鎖《くさり》をひきちぎったことをしつこく言い立てた。警官《けいかん》はそれも書類《しょるい》に書いた。そのあとはもうぼくには見向きもしなかった。所長に帰りの挨《あい》拶《さつ》をしたとき、捜索願《そうさくねが》いはあす出すから、といっていた。

ぼくたちはまだ寝室《しんしつ》につっ立っていた。

警官《けいかん》の一人が子どもたちの方に向いていった。「もう逃《に》げだそうなんて思うやつがいなければいいんだがな。そんなことをしたら、ひどい目にあうぞ!」

そのとき、ギュンターがどろんこになって泣きわめいているパウルを押《お》して寝室《しんしつ》に入ってきた。

「おまえたち二人、即刻《そっこく》この任務《にんむ》を罷免《ひめん》してもらうよう、手配《てはい》してやる!」所長がギュンターにどなった。「これっぽっちの子どもの世話もできんとは、なんて無能《むのう》なんだ!」

## 徴兵検査《ちょうへいけんさ》

「ん? おまえたち、インディアンのお話はぜんぶ読んだってわけか。」軍医少佐《ぐんいしょうさ》が決闘《けっとう》の傷《きず》痕《あと》いっぱいの顔でからかった。*「それで、こんどはほんとうの冒険がしてみたくて志願《しがん》したんだな。」

丸裸《まるはだか》でふるえながら壁《かべ》ぎわに立ち、ぼくたちはこたえないでいた。

少なくとも百キロはあろうかという准尉《じゅんい》がぼくたちを計量し、目と耳をしらべた。

「ヒトラー・ユーゲントのやつらに伝染病《でんせんびょう》が蔓延《まんえん》しているようだな。」軍医少佐《ぐんいしょうさ》がまたはじめた。「その治療薬《ちりょうやく》はたったひとつ、騎士十字勲章《きしじゅうじくんしょう》ってとこか。――まあ、結構《けっこう》なことだ!」

准尉《じゅんい》がぼくたちを軍医の机《つくえ》のそばへつれていった。

軍医少佐はめがねをひたいの上に押《お》し上げてから、ぼくたちを下から上へじろじろと眺《なが》めまわした。「骸骨《がいこつ》としては、このまま使えるね。」そう断定した。「しかし、男になるのはこれからだ。」軍医はトントンとたたいて聴診《ちょうしん》した。「まわれ右!」

ぼくたちは後ろを向いた。

「兵科《へいか》はどこが希望かね?」軍医がたずねた。

「歩兵部隊《ほへいぶたい》であります!」ギュンターとぼくが同時にこたえた。

「え?」軍医少佐が顔をあげ、ぼくたちをまじまじと見た。「歩兵にはだれだってなれるんだ。」少佐の言い方が急に強く訴《うった》える調子になった。「知っとるだろう、おまえたちは志願兵《しがんへい》として自由に兵科《へいか》を選ぶことができるんだぞ。――もちろん、おれが合格《ごうかく》の証明を出したらだがね。」

「はい、知っております、軍医少佐《ぐんいしょうさ》どの!」

「それなのに、歩兵になりたいのか? ――空軍じゃないのか? ――それとも、海軍とか、え?」

「はい、そうであります、軍医少佐どの!」

「ふん、ヒトラー・ユーゲントで、気まぐれな英雄熱《えいゆうねつ》でも植《う》えつけられたのかい?」軍医は首をかしげた。

ぼくたちはどうこたえればいいのかわからなかった。

「ほかに、なにか希望があるか?」

「はい、軍医少佐どの。」ギュンターがいった。「ぼくたち、同じ隊に入隊させてほしいのであります。」

「同じ住所、同じ兵科《へいか》、同じ補充部隊《ほじゅうぶたい》か。」後ろの方ででぶの准尉《じゅんい》がつぶやいた。

軍医少佐はまた机《つくえ》の上の書類《しょるい》にかがみこんだ。「服を着て、家へ帰って、ダンボール箱をひとつ用意しろ。なんとかやってみてやる。」

一九四三年〔十八歳《さい》〕

# 夜

ぼくたちは線路の前に立って、待っていた。荷物《にもつ》は足もとにおいてある。寒風《かんぷう》が吹《ふ》きすさび、こごえんばかりだ。視界《しかい》のとどくかぎり、ずっと向こうまで林がつづいている。白樺《しらかば》と針葉樹《しんようじゅ》の林。線路は一本の林道《りんどう》から出て、また林道のかなたへと消えている。よく見ると、たった一つ、厚板づくりの保線係用《ほせんがかりよう》の小屋といった建物《たてもの》があった。窓《まど》ではなくて銃眼《じゅうがん》がついていて、まわりに土塁《どるい》が築《きず》いてある。銃眼の一つから上にのびた電話線を目で追うと、そばの木の茂《しげ》みまでいって林のなかに見えなくなった。

ぼくたちを引率《いんそつ》してきた中尉《ちゅうい》は、ぼくたちの前を行ったり来たりしながら、空を見上げては両手をこすりあわせている。それから片手《かたて》を耳にあて、林のなかに聞き耳をたてる。

かなりの時間がたった。

ふいに、曹長《そうちょう》と伍長《ごちょう》が現れた。二人の足音をきいたものも、やってくるのに気づいたものも一人もいなかった。

中尉《ちゅうい》がぼくたちを曹長《そうちょう》に引きわたした。

「ヒトラー・ユーゲントから入隊したての補充兵《ほじゅうへい》だ!」中尉がいった。そしてすぐ、小屋に消えていった。ぼくたちには別れもつげず、さっと消えた。

曹長はぼくたちをひとわたりながめたのち、荷物と銃《じゅう》をもって並《なら》んでついてくるよう命令した。

列の最後尾《さいこうび》に、伍長《ごちょう》がついた。

林のなかの道なき道を、ぼくたちは黙々《もくもく》と進んでいった。両がわとも低い藪《やぶ》で、視界《しかい》はゼロに近い。地面は一足《ひとあし》踏みおろすごとにジュクジュクと音をたて、ついた足跡《あしあと》にはただちに茶褐《ちゃかっ》色《しょく》の水が漲《みなぎ》る。

ギュンターがふりむいていった。「靴《くつ》のなか、もう水でびしょびしょだ。」ぼくの足もぬれていた。

林のなかの行軍《こうぐん》は一時間半ばかりもつづいた。背《せ》の低い木々とそのあいだの水たまり以外、なにも見えない。ぬかるみの地面にのめりこむ足音、また引き上げるときの水音、そしてときどき交わされるささやき以外、なにも聞こえない。

突然《とつぜん》、ぼくたちは林のなかの空き地の端《はし》に来ていた。かがんで木々のあいだを見ると、不恰《ぶかっ》好《こう》な木造《もくぞう》のものがいくつか見える。待避壕《たいひごう》だ。小さな煙突《えんとつ》から煙《けむり》があがっている。その一つから、犬が一匹《ぴき》、けたたましく吠《ほ》えながらかけてきた。

ぼくたちは停止《ていし》し、間隔《かんかく》をつめて空き地のまんなかに立った。一瞬一瞬《いっしゅんいっしゅん》、地面に深く沈《しず》んでいく。

待避壕《たいひごう》から待避壕へ木陰《こかげ》に敷《し》きつめられた細い丸太道《まるたみち》の一つをつたって、大佐《たいさ》がやってきた。よごれた迷彩服《めいさいふく》を着ている。言葉少なにぼくたちを迎《むか》え、各隊への配属《はいぞく》が行なわれることを告げると、さっとまた大股《おおまた》で自分の待避壕へ帰っていった。

遠くで鈍《にぶ》い砲声《ほうせい》がきこえた。

ぼくたちは思わず首をすくめた。

弾丸《だんがん》がうなりをあげて頭上《ずじょう》を飛んだ。

ぼくたちは身をかがめた。ぬれた地面が下から脅《おびや》かす。

曹長《そうちょう》は平然《へいぜん》として、ぼくたちの身分証明書をあつめている。

林のなかのそう遠くないところで、爆弾《ばくだん》が炸裂《さくれつ》した。

また砲声《ほうせい》。うなり。炸裂音《さくれつおん》。

三度目からは、もう臆病《おくびょう》ものが目をつむるだけになった。

曹長《そうちょう》は全員に番号をかけさせ、小隊に分けていった。

ぼくはさっとギュンターの隊に移った。

まもなくぼくたちの隊が呼《よ》ばれる番だ。あと五つ、四つ、……

すでに配属《はいぞく》が決まった二小隊を前に、若い将校《しょうこう》が話しはじめた。将校はこちらに背《せ》をむけている。

「少尉《しょうい》どの！」ふいにギュンターが大声でそちらにむけて叫《さけ》んだ。

曹長《そうちょう》がリストから顔をあげた。「なんだ、おまえ？　気が変になったのか？」

少尉《しょうい》がこちらを向き、そしてつかつかと寄《よ》ってきた。目が呼《よ》んだものをさがしている。

ギュンターが背《せ》を伸《の》ばし、踵《かかと》をカチッとあわせた。泥水《どろみず》が飛んだ。

「ギュンター！」少尉《しょうい》は叫《さけ》んで、突進《とっしん》してきた。そして、ギュンターをしっかりと抱《だ》いた。

それから、ぼくを見た。少尉はぼくの肩《かた》を力まかせにたたいた。銃《じゅう》が泥《どろ》のなかへ落ちた。「きみたちじゃないか！　きみたち二人！　信じられない！」そしてぼくたち二人を隊から引き離《はな》し、みんなの目の前でくるりとまわれ右させた。

曹長《そうちょう》はそばであっけにとられてポカンと立っていた。ハインツはそのまん前に行くと、いった。「この二人は、おれがもらっていく！」

「それは、だめです、少尉《しょうい》どの！」曹長《そうちょう》はこたえた。「その二人はもう別の部隊に所属《しょぞく》することになっておるのであります。」

「それなら、交換《こうかん》するんだな！」ハインツは指示した。

「しかし、少尉《しょうい》どの、すでにリストに書き込《こ》みずみであります。」曹長《そうちょう》は気《き》の毒《どく》そうにそういった。

「それなら、リストを変更《へんこう》しろ！」ハインツは命令した。そして、ギュンターとぼくの肩《かた》をつかんで空《あ》き地《ち》を横切り、すでに受けとった自分の小隊のほうへ押《お》していった。

「少尉《しょうい》どの、少尉どのが二人余計《よけい》に取られたことを、自分はほかの部隊にどう報告すればよいのでありますか？」曹長《そうちょう》が泣き言をいった。

「おれからよろしくといってくれ。この二人は、おれが要《い》るんだ！」ハインツは言い放《はな》った。

真《しん》の闇《やみ》だった。

列からはぐれないよう、各自前を行くものの背嚢《はいのう》につかまって、できるかぎり音をたてずに、林のなかの沼地《ぬまち》を進んでいった。互《たが》いの連絡も声を殺してささやくよう厳命《げんめい》を受けていた。

前方で機関銃《きかんじゅう》が一基《き》、カタカタカタとゆっくりした音をたてた。ときどき銃声《じゅうせい》も散発《さんぱつ》する。突然《とつぜん》、まうえの上空に白い照明弾《しょうめいだん》が舞《ま》い上がった。青白い光が無残な姿《すがた》の白樺林《しらかばばやし》をくっきりと浮《う》かび上がらせた。光はまわり一帯《いったい》の沼《ぬま》の水に映《うつ》り、無数《むすう》の光となってはねかえった。ぼくたちは体をこわばらせて動きを止め、光が消えるのを待った。

そしてまた、たったいまの明るさにくらむ目で、行進を開始した。

と、ぼくの手が前を行くものからはずれた。追いつこうとあわてて二歩進んだ拍子《ひょうし》に足をすべらせて、大きな水たまりにはまった。水が剣帯《けんたい》まで達《たっ》した。ぼくは思わず叫《さけ》び声をあげた。

「しーっ！」左でささやきが聞こえ、足音が近づいた。手がぼくをひっぱりあげた。「気をつけろっ！　前のものにしっかりつかまるんだ！」声が叱《しか》り、ぼくの手をだれかの背嚢《はいのう》においた。列がすぐにまた動きだした。押《お》し黙《だま》り、なにも見えないなかを、すべりやすい林の地面をさぐりさぐり進む。

銃声《じゅうせい》がしだいに近くなった。

ぬれたズボンが氷のようにつめたく脚《あし》にくっつきはじめた。寒い。こごえそうだ。疲れもひどい。そして、睡魔《すいま》。ときどき目の前にヴェールをかぶった姿《すがた》があらわれて、踊《おど》る。目をかっと見開くと、消える。枝《えだ》が顔をたたく。鉄かぶとにあたってにぶい音をたてることもあった。

すると、ただちに前方から押《お》し殺した声の伝令《でんれい》が口づたえにとどく。「静かに！　音をたてるな！」

ふいに、行進が止まった。林のどまんなかだ。

壁《かべ》に突《つ》きあたった。太い丸太の壁《かべ》だ。

なにかがはじける音。

また、照明弾《しょうめいだん》があがった。

ぼくたちは銅像《どうぞう》のように立ちつくす。

目の前に人の背丈《せたけ》より高い丸太の壁があるのが見えた。みんな、その木造待避壕《もくぞうたいひごう》によりかかって立っている。

照明弾《しょうめいだん》の光が燃《も》えつくした。

と、パンパーン！　三度、四度、つづいて鳴った。

ものすごい力で押《お》されて、丸太の壁に押《お》しつけられた。壁が崩《くず》れた。ぼくはよろけこみ、宙《ちゅう》ぶらりんにかかっていた被《おお》いに足をひっかけて、落ちた。せまい空間、小さなろうそく一本で照《て》らされた空間だった。「ばかやろう！　被いを踏《ふ》みぬきやがったな！」だれかが叱《しか》った。

「どうなってんだ？」ぼくはきいた。

そのとき、またもや、パンパーン！　待避壕《たいひごう》のすぐそばだ。三度、四度。

「迫撃砲《はくげきほう》だ！」

ぼくは体をおこした。まわりには補充兵《ほじゅうへい》としていっしょにやってきた連中がみんな押《お》しあいへしあいしている。

ギュンターは、鉄かぶとがうなじにずりおちている。

ハインツもいた。ハインツは寝板《ねいた》に横たわっている上等兵になにかいっている。

応急《おうきゅう》につくった机《つくえ》のそばに年とった曹長《そうちょう》が一人、うずくまってろうそくの炎《ほのお》を空気のゆらぎから守っていた。

寝板《ねいた》から上等兵がおりてきた。壕《ごう》の隅《すみ》からも一人、一等兵が這《は》ってきた。

「第三小隊へ三人、そして、第一小隊へ三人だ！」ハインツが命令した。

六人が、上等兵と一等兵につれられて消えていった。

「きみたち二人はここにいるんだ！」ハインツがギュンターとぼくにいった。「いま、二十三時だ。どこでもいい、寝板《ねいた》をさがして寝ろ。三時から六時まで、部署《ぶしょ》についてもらうから。」

まわりを見回してみた。

壕《ごう》の壁《かべ》という壁に、何段《だん》もの寝板《ねいた》がつくられていた。ほとんどの寝板にはすでに兵隊が寝ている。隅《すみ》に下士官《かしかん》も寝《ね》ている。

ぼくは地面の寝板《ねいた》のひとつに荷物を投げた。

その上の寝板にいた兵隊が目をあけ、どなった。「あっちへ行け！　そこは少尉《しょうい》どのだ。」

やっとのことで、三段《だん》になった一番上に場所を見つけた。壕《ごう》の天井《てんじょう》の間近《まぢか》で、入りこむにも出るにも体を横にしてすべらせねばならない狭《せま》さだ。

ハインツは曹長《そうちょう》といっしょに、机《つくえ》の上にひろげた地図のそばにひざまずいている。

「新兵《しんぺい》たちを、今夜もう、ほんとうに出動《しゅつどう》させるおつもりですか？」年輩《ねんぱい》の曹長が小声でたずねた。

「もちろん！」ハインツはこたえた。「絶好《ぜっこう》のチャンスだ！　いっしょに行く経験者《けいけんしゃ》の手があくし、それに新兵はそれでなくても発砲禁止《はっぽうきんし》だから、しくじりようがない。」

「それなら、まあ、そうされればいいです、少尉《しょうい》どの。」

「大隊の前線司令部へ行ってくる！」ハインツはそういうと、出口の被《おお》いをもちあげ、壕《ごう》を出ていった。

そのあいだに、ぼくはごそごそとぬれたズボンをぬぎにかかった。

「おまえ、なにをしとるんだ？」曹長《そうちょう》がいぶかしげにたずねた。

「ズボンを乾《かわ》かすために、つるしておきたいのであります。」

「なんだと？　おまえ、頭がいかれたな！　ここでズボンなんかぬいで、どうすんだよ？」

「しかし、びしょぬれなんであります！」ぼくはこたえた。

「あっちの兵隊さんたちがお出でになったら、」曹長《そうちょう》はにやにやした。「おまえ、ズボン下姿《すがた》でお出迎《でむか》えするのかよ。そりゃあ、よろこぶぜ！」

ぼくはズボンを手に、まごまごするばかりだった。

「早くしろい！」曹長《そうちょう》がどなった。「さっさとズボンをはいて、長靴《ちょうか》をはいて、寝《ね》るんだ！」

いわれたとおりにして、ぼくは寝板《ねいた》によじのぼった。しっかりと毛布にくるまったが、寒くて寒くてふるえがとまらない。眠《ねむ》るどころではなかった。

ハインツが帰ってきた。「これですべて手筈《てはず》はととのった。三時から六時半まで、おれたちの戦区は発砲禁止《はっぽうきんし》で耐《た》え抜《ぬ》く。両がわの戦区が攪乱射撃《かくらんしゃげき》をしてはぐらかす。三時に歩哨《ほしょう》が交代《こうたい》する。三時十五分、おまえとあと五人の兵をつれて、出発だ。地雷原《じらいげん》のなかの小道には印《しるし》がついている。」ハインツはさらにつづけた。

それを聞きながら、ぼくはやっぱり寝入《ねい》った。

四時ごろだろうか。

ギュンターとぼくは丸太を組み立てた小さなボックスのなかに立っていた。身動きもできない狭《せま》さだ。銃眼《じゅうがん》から灰色《はいいろ》の闇《やみ》をけんめいににらむ。ズボンはまだカパカパに凍《こお》ってふとももにくっついている。寒い。おそろしく寒い。ともすれば瞼《まぶた》がさがってくる。頭が胸《むね》にコトンと落ちる。そのたびに、ぼくは気をひきしめて必死でがんばった。

ギュンターもうとうとしていた。あごが機関銃《きかんじゅう》の床尾《しょうび》にもたれかかっている。

言葉を交わすことは禁止だ。

ぼくたちの戦区は死んだように静かだった。それにひきかえ、左右の戦区では、不規則な間《ま》をおいての攪乱射撃《かくらんしゃげき》がその区域《くいき》全体をさわがしくしている。機関銃《きかんじゅう》がほんの短いあいだカタカタと鳴ったり、一発二発、銃が発射《はっしゃ》されたりする。大きな榴弾《りゅうだん》の一斉射撃《いっせいしゃげき》も、もう三度あった。

後方《こうほう》から音もたてずに下士官《かしかん》が近づいてきた。「しっかりやるんだぞ！」ぼくたちにささやいた。「いいか、おまえらは撃《う》ってはならんのだ。味方《みかた》が前方にいる。発砲《はっぽう》が許されるのは攻《こう》撃《げき》されたとわかったときだけだぞ。いいな。」

「いったい、どうなっているんですか？」ギュンターがたずねた。

「司令部で、敵の捕虜《ほりょ》が一人要《い》るってんだ。」下士官《かしかん》が説明しはじめた。「そいつを捕《つか》まえる役が、よりにもよっておれたちに当たったってわけだ。これは命がけの役目だぜ。少尉《しょうい》どののためにお祈りをするんだな。」下士官《かしかん》はぼくたちの銃眼《じゅうがん》からのぞいてみた。そしてふりかえったとき、ぼくたちの顔を見た。「おまえら、少尉どのの知り合いじゃなかったかな？」小声でたずねた。

「ぼくたち、ドイツ少年団でもヒトラー・ユーゲントでもいっしょだったんです。」

「ああ、そうか。ヒトラー・ユーゲントか。——英雄《えいゆう》の卵か。」下士官はからかった。しばらくして、またいった。「しかしな、おれたちの少尉《しょうい》はいいやつだよ。すごいやつだ。ああいう人間がもっといればいいんだがな！——だがね、あの少尉にはいつもだれか護《まも》ってやる人間がいなくちゃいかんな。」——立ち去るまえに、もう一度、ぼくたちに念《ねん》をおした。「眠りこむな！それから、発砲《はつぽう》は攻撃《こうげき》のときだけだぞ！」そして、つぎの持ち場へ移っていった。

まわりはまたしんと静まりかえった。向こうも、動くものはない。

ほんのときたま、一発の銃声《じゆうせい》がしたり、機関銃《きかんじゆう》が音をたてるだけだ。

まもなく、また睡魔《すいま》がおそってきた。見張《みは》っている眼前《がんぜん》にたちこめる朝霧《あさぎり》がすーっと濃《こ》くなってお化けになり、また流れ、ゆらぐ。ぼくは怖《こわ》くなってきた。かっと目を見開いてみるたびに、攻《せ》めてくる敵の姿《すがた》を一つ、目の前に見たように思うのだ。怖《こわ》い！　ぞっとするほど怖い！

ぼくはギュンターを見てみた。

　ギュンターの目があわさっている。

　ぼくはつついた。

　ギュンターははっとして跳《と》び上がり、身をかがめ、引《ひ》き金《がね》に手をかけて、撃《う》った。

鞭《むち》がふりおろされたように、この戦区の静寂《せいじゃく》を機関銃《きかんじゅう》の射撃《しゃげき》が破った。

ぼくはギュンターの手から機関銃をはらいおとした。

一瞬《いっしゅん》、音が消えた。死の静けさだ。

が、つぎの瞬間、向こうで照明弾《しょうめいだん》があがった。

ダダダ……。三基、四基の機関銃が一斉《いっせい》に火を吹《ふ》きはじめた。

迫撃砲《はくげきほう》が吠《ほ》える。

銃声《じゅうせい》がはじける。

砲声《ほうせい》。

うなりをあげて近づき、轟音《ごうおん》とともに目の前の地面に落ちる。

突然《とつぜん》、まわりは荒《あ》れ狂《くる》う修羅場《しゅらば》と化した。

なにもかもが青白く照《て》らしだされた。

ドッカーン、ゴーッ、ゴロゴロ、ヒューッ。はじけ、くだけ、飛び、裂《さ》ける。石灰《せっかい》の白、緑がかった青、どぎつい黄、炎《ほのお》の赤。震《ふる》え、突《つ》き上げ、刺《さ》し、揺《ゆ》さぶる。吠《ほ》え、鳴き、うなり、吐《は》く。悲鳴、叫《さけ》び、嘆《なげ》き、号泣《ごうきゅう》。きな臭《くさ》い、むかつく、腐《くさ》った、朽《く》ちたにおい……

ぼくたちは体をまるめてうずくまった。

榴弾《りゅうだん》が地面に無数《むすう》の穴《あな》をあける。

弾丸《だんがん》が木々の枝《えだ》を引きちぎる。

裂片《れっぺん》が木々の幹《みき》を引き裂《さ》く。

梁《はり》が燃《も》えだした。

ぼくたちはボックスの底にしがみついた。

ギュンターは歯をガチガチさせ、大声で泣いている。

ぼくは恐怖《きょうふ》のどん底《そこ》にいた。

「あっ、たいへんだ！」ギュンターがとつぜんいった。「ハインツだ！——ハインツ！」大声で叫《さけ》んだ。そしてさっと立ち上がると、胸壁《きょうへき》を跳《と》びこえて走りだした。地獄《じごく》のまっただなかへつっ走《ばし》っていった。

「ハインーツ！」猛《たけ》り狂《くる》う戦場に、ギュンターの叫《さけ》びがひびきわたった。

「ハインーツ！」

榴弾《りゅうだん》また榴弾。あいだをかいくぐる隙間《すきま》もない鋼鉄《こうてつ》と炎《ほのお》からなる火のローラーが、ぼくたちの陣地《じんち》に向かってころがってくる。

# 註《ちゅう》

*〔　〕は訳者による補註

二　ドイツよ、目覚《めざ》めよ！——ナチの組織が使った闘争《とうそう》の雄叫《おたけ》び。D・エッカルト（一八六八—一九二三）の歌からとったもの。

一四　ハーケンクロイツ——ナチの組織の印《しるし》。赤地に白の丸をぬき、そこに黒で描《えが》かれた鉤十字《かぎじゅうじ》のこと。〔訳註〕

一四　ヒトラーの少年——ナチの青少年組織であるヒトラー・ユーゲントの隊員。九八ページの註を参照。

一四　ハーケンクロイツの腕章《わんしょう》——左の上腕《じょうわん》につけた腕章で、ヒトラー・ユーゲントのハーケンクロイツの腕章は、白の四角の角を上にしてぬき、そこに黒で鉤十字《かぎじゅうじ》が描かれていた。地《じ》の赤には、一本の白い横線が通っていた。

一五　赤——元来《がんらい》はドイツ社会民主党（ＳＰＤ）の支持者《しじしゃ》のことを呼《よ》んでいたが、のちにはドイツ共産党（ＫＰＤ）の支持者を指《さ》すほうが主となった。両党とも赤い旗《はた》を党旗《とうき》とした。

一五　ヒトラー——アードルフ・ヒトラー（一八八九—一九四五）。国家《こっか》社会主義《しゃかいしゅぎ》ドイツ労働者党《ろうどうしゃとう》〔ナチ党〕の指導者〔総統《フューラー》〕。この人物を説明するには、無数にある関連の資料を参照する必要がある。

一五　テールマン——エルンスト・テールマン(一八八六—一九四四)。ドイツ共産党の党首《とうしゅ》。

一五　茶色——ナチの党員《とういん》およびその支持者《しじしゃ》はほとんどが茶色の制服を着ていたので、《茶色》と呼ばれた。

一五　共産主義者《きょうさんしゅぎしゃ》——ドイツ共産党の党員またはその支持者。

一五　国家社会主義者《こっかしゃかいしゅぎしゃ》——ヒトラーの党、国家社会主義ドイツ労働者党〔ナチ党〕の党員またはその支持者。

二〇　SA——突撃隊《とつげきたい》。ナチの戦闘組織《せんとうそしき》。

二一　夕べの太陽が……——カール・ハインツ・ムシャラによるナチの戦闘歌《せんとうか》。

二一　SA突撃隊《とつげきたい》——一SA突撃隊は三または四の中隊からなり、一中隊は三または四の小隊から、そして一小隊は約十人のSA隊員からなっていた。

二三　ハイル　ヒトラー！——ナチの挨拶《あいさつ》。右手の指を伸ばしたまま目の高さにあげると同時にいう。

二四　ドイツの国土を……——元は「大ベルリンを　進むはわれら」。歌詞は、ヘルベルト・ハマー、一九二九年。メロディーは「アルゴーの森で　真夜中に……」の歌から。「赤のやつらは　うちのめせ」の元は「……まっぷたつにしろ」で、二つの赤の政党、すなわち、ドイツ共産党とドイツ社会民主党を意味していた。その他、さまざまの替《か》え歌《うた》にしてうたわれた。「赤のやつらは　うちのめせ」の赤のやつらは、赤の戦闘《せんとう》集団、すなわちドイツ共産党の戦闘組織を意味している。

二七　『インターナショナル』——共産党の闘争歌《とうそうか》。歌詞は、ポティエ、一八七一年。曲は、ドジェーテル。ドイツ語訳は、エーミール・ルックハルト。

三〇 旗をかかげて……――SA突撃《とつげき》隊長、ホルスト・ヴェッセル(一九〇七―三〇)によって作詞されたので、ホルスト・ヴェッセル＝リートと呼ばれる歌。はじめはナチの戦闘《せんとう》歌だったが、のちにはドイツ国歌とともにうたわれる第二のドイツ国歌に昇格《しょうかく》された。

三一 ドイツ帝国首相《ていこくしゅしょう》――ドイツ帝国政府《せいふ》の元首《げんしゅ》。帝国首相は帝国大統領《だいとうりょう》から組閣《そかく》を委託《いたく》される。

三二 勝利の帝国党大会――ナチの党員による帝国党大会。重要な決定はたいていこの大会でなされた(ヒトラー・ユーゲントの結成《けっせい》、ニュルンベルク法など)。第一回帝国党大会は一九二三年、ミュンヘンで開催《かいさい》。一九二七年の第三回大会から、ニュルンベルクが帝国党大会開催の都市に決められた。一九三三年以後、帝国党大会はそれぞれ固有《こゆう》の名称《めいしょう》で呼ばれ(一九三三年は勝利の党大会)、ナチの力のデモンストレーションの場となった。

三三 国際連盟《こくさいれんめい》――一九二〇年、世界平和の確保《かくほ》のためにジュネーヴに本部をおいてつくられた国際的な組織《そしき》。一九四六年まで存続《そんぞく》。

三四 ドイツに平等の権利を！――ヴェルサイユ条約による軍備《ぐんび》制限《せいげん》の廃止《はいし》を目指《めざ》した言葉。

三五 ドイツに自決権を！――第一次世界大戦敗戦後の戦勝国がわの干渉《かんしょう》から独立を得ようという意味。

三六 大統領陸軍元帥《だいとうりょうりくぐんげんすい》ヒンデンブルク――一八四七―一九三四。一九一四年のタンネンベルク(東プロイセン)における戦闘《せんとう》の勝利者として、国民の尊敬《そんけい》を集めていた。一九二五年以降《いこう》、ドイツ帝国の帝国大統領として、国家《こっか》元首《げんしゅ》であった。一九三三年、アードルフ・ヒトラーを帝国首相に任命《にんめい》した。

三四　ドイツ少年団——十歳《さい》から十四歳の少年のための、ヒトラー・ユーゲントの下部組織。

三四　ピンプ——ドイツ少年団のリーダーの資格をもたない団員の呼称。

三七　国家社会主義《こっかしゃかいしゅぎ》ドイツ労働者党《ろうどうしゃとう》——アードルフ・ヒトラーの党〔ナチ党〕。一九一九年に結成された。詳しい説明のためには、アードルフ・ヒトラーとナチズムについての無数にある関連出版物を参照する必要がある。

四〇　団——ドイツ少年団の構成単位《こうせいたんい》。ほぼＳＡ突撃隊《とつげきたい》に匹敵《ひってき》する。

四〇　団長——「少年は少年によって指導《しどう》されるべきである」というモットーのもとに、ほとんどの場合、団員とあまり年齢《ねんれい》の差《さ》はなかった。

四一　勝利の印《しるし》——腕章《わんしょう》と三角旗《さんかくき》につけるドイツ少年団の印。ゲルマン民族の文字であるルーネ文字からとった稲妻《いなずま》の形をしたもの。

四一　肩《かた》を並《なら》べて……——歌詞はヘルマン・クラウディウス。曲はアルミン・クナープ。〔二十世紀初頭《しょとう》ドイツに起こった〕青少年運動の歌を、ヒトラー・ユーゲントが引き継《つ》いだ。

四五　ヒトラー・ユーゲントの団——十四歳《さい》から十八歳の少年の組織《そしき》であるヒトラー・ユーゲントの構成《こうせい》単位《たんい》。ほぼドイツ少年団の団に匹敵《ひってき》する。

四五　歩調ー、やめーっ！——歩調をそろえることをやめ、自由な歩き方をしてよいという命令。

四七　ドイツ少女同盟《どうめい》——ヒトラー・ユーゲントの支部《しぶ》で、十四歳《さい》から十七歳の少女のための組織《そしき》。

四七　ドイツ少女団――ヒトラー・ユーゲントの支部で、十歳《さい》から十四歳の少女のための組織。

五二　黒の制服を着た男たち――ＳＳ(ᛋᛋ)隊員。ＳＳはナチの親衛隊《しんえいたい》で、最初は近衛兵《このえへい》としてできたものであったが、一九三四年以降、ＳＡよりも強い勢力を得た。ＳＡとちがい、ＳＳは黒の制服を着た。

五二　総統《そうとう》――ドイツ語でフューラー。ナチの最高官職《かんしょく》。ヒトラーがこの地位を占《し》めて独裁権《どくさいけん》をふるった。〔訳註〕

五三　冬季救済事業《とうききゅうさいじぎょう》――最初は困窮者《こんきゅうしゃ》を援助《えんじょ》する目的でつくられたナチの事業で、街頭《がいとう》および戸別《こべつ》の訪問《ほうもん》で募金《ぼきん》をした。しかし、のちには集められたものが国庫《こっこ》に収《おさ》められた。

五五　ホーム――ヒトラー・ユーゲントの、任務《にんむ》の遂行《すいこう》と団員の交流のための立派《りっぱ》な建物のこと。徐々《じょじょ》に、そしてしまいには全国にわたって、国家によって用意された。

六四　ザールラント――フランスとの国境に近い地方。〔訳註〕

六七　ヴェルサイユ平和条約《へいわじょうやく》――第一次世界大戦後の一九一九年、ヴェルサイユ宮殿《きゅうでん》においてドイツと二十六の戦勝国とのあいだで交《か》わされた平和条約。この条約によって、ドイツからさまざまな地方が、永久に、または期限を切って切り離された。また、ドイツは軍事力を剝奪《はくだつ》された。

七〇　ドイツ少女同盟《どうめい》の分団長――ドイツ少女同盟のリーダー。約五十人の団員を統率《とうそつ》した。

七一　新ドイツ青年団――カトリックの上級学校の生徒たちの組織《そしき》。

七五　ＰＸ——χρ。ギリシャ語の「キリスト」の最初のアルファベット二字。新ドイツ青年団の印。

七七　班——ドイツ少年団の構成単位《こうせいたんい》。約十五人の少年から成《な》っていた。

八三　ラインラント——著者《ちょしゃ》リヒターの出身地ケルンのある地方。ライン川が流れている。ドイツ経済《けいざい》上《じょう》、重要な地方。〔訳註〕

九一　オーバー——制服としてのオーバーは、ヒトラー・ユーゲントでは指導的地位《しどうてきちい》にあるものだけが着用《ちゃくよう》した。

九八　ヒトラー・ユーゲント……——ナチの青少年組織《そしき》は、一九二六年ワイマールで開催《かいさい》された第二回帝国党大会において、ドイツの若者をナチの目的に参入《さんにゅう》させることを課題《かだい》として創設《そうせつ》された。他のナチの組織と同じく、ヒトラー・ユーゲントも軍隊組織から借用《しゃくよう》した型で構成《こうせい》された。男子は、十―十四歳《さい》がドイツ少年団（ＤＪ）、十四―十八歳がヒトラー・ユーゲント（ＨＪ）。女子は、十―十四歳がドイツ少女団（ＤＪＭ）、十四―十七歳がドイツ少女同盟《どうめい》（ＢＤＭ）。それぞれの構成は、同年齢のもの約十五人で班を構成、三班で一分団を構成、三分団で一団を構成、約四団で一大隊を構成、約六大隊で一連隊を構成した。約十五万人の少年少女が、ドイツ少年団とヒトラー・ユーゲントは地方管区《ちほうかんく》に、ドイツ少女団とドイツ少女同盟は大管区に、それぞれ統率《とうそつ》され、全地方管区および大管区は帝国青少年指導局（ＲＪＦ）の下におかれていた。

班長、分団長、団長、大隊長、連隊長と、それぞれの構成単位《こうせいたんい》にリーダーがおかれ、フューラーと呼ばれた。

一〇一 野外での模擬戦《もぎせん》――将来の軍隊での野戦《やせん》に慣《な》れさせるために、野外で行なわれる簡単《かんたん》な模擬戦。

一二八 雑炊《ぞうすい》――毎月第一日曜日にはどの家庭も雑炊ですませ、それによって倹約《けんやく》したお金を冬季《とうき》救済事《きゅうさいじ》業《ぎょう》に拠出《きょしゅつ》することになっていた。拠出金は名前を書いたリストに記録された。

一二九 喜びをとおして力を――安価《あんか》な休暇旅行《きゅうかりょこう》を提供《ていきょう》した、ナチの共同体の一つ。人気のあった旅行先はノルウェーのフィヨルドとマディラ〔アフリカ西北海岸沖《おき》のポルトガル領《りょう》の島〕だった。

一三〇 オストマルク――一九三八年から四五年まで使用されたオーストリアの呼称《こしょう》。

一三五 ジーク・ハイル！――「勝利を！」というかけ声。〔訳註〕

一三六 オーバーシュレージエン――現ポーランドの一部。〔訳註〕

一三六 西プロイセン――現ポーランドの一部。〔訳註〕

一三六 メーメル――現リトアニアの一部。〔訳註〕

一三六 北シュレースヴィヒ――デンマークとの国境にある地区。〔訳註〕

一三六 オイペン・マルメディー――ベルギーとの国境にある地区。〔訳註〕

一三六 ロートリンゲン――フランス北東部ロレーヌ地方。〔訳註〕

一三八 呼《よ》び鈴《りん》……――ドイツでは、一つの建物の各階がそれぞれ一所帯《いっしょたい》になっていて、建物の入り口に全

部の所帯の呼び鈴が並《なら》べてつけてある家が多い。〔訳註〕

一四〇 ジーッと音がして……――呼《よ》び鈴《りん》が鳴ると、その家の人が中にあるボタンを押《お》して応《おう》じる。するとボタンを押しているあいだ電流が通じてジーッと鳴り、そのあいだだけ建物の入り口のドアの施錠《せじょう》がはずれる仕掛《しか》けになっている。〔訳註〕

一四三 大砲《たいほう》がどうやって……――《四か年計画全権委員《ぜんけんいいん》》および軍備《ぐんび》担当者《たんとうしゃ》であったヘルマン・ゲーリング(一八九三―一九四六)が、ある演説《えんぜつ》のなかで「バターの代わりに大砲を」と呼びかけた。

一四七 ゲッベルス――ヨーゼフ・ゲッベルス(一八九七―一九四五)。世論《よろん》を独裁者《どくさいしゃ》の意図《いと》に沿《そ》うよう導《みちび》いていく義務《ぎむ》を負《お》っていた国民啓発《こくみんけいはつ》および宣伝相《せんでんしょう》。

一五三 血と名誉《めいよ》――ヒトラー・ユーゲントの制服姿には、刃に《血と名誉》と刻《きざ》んである小刀が必携であった。

一五九 進め！ 進め！……――歌詞はバルドゥア・フォン・シーラッハ、曲はハンス・オットー・ボルクマン。ヒトラー・ユーゲントの団歌ともいうべきもので、いざというときにはこれが歌われた。

一六六 西部要塞線《せいぶようさいせん》――ドイツ帝国の西の国境《こっきょう》を守る防衛線《ぼうえいせん》。一九三八年に設営開始《せつえいかいし》。

一六八 靴《くつ》の紐《ひも》――ナチのあらゆる組織《そしき》の制服は、帝国軍需省《ていこくぐんじゅしょう》によって決められ、ボタンなどの細部《さいぶ》にいたるまで指示《しじ》されていた。ヒトラー・ユーゲントの制服には、規定《きてい》どおりの靴〔くるぶしの上で紐《ひも》を結ぶ中世の農民靴《のうみんぐつ》のようなもの〕をはくことに決まっていた。

一七四 急降下爆撃機《きゅうこうかばくげきき》――単発《たんぱつ》の爆撃機。急降下しながら爆弾《ばくだん》を目的物に投下《とうか》する。急降下の際《さい》の轟音《ごうおん》による驚愕効果《きょうがくこうか》の故《ゆえ》に、特に恐れられていた。

一七五 騎士十字勲章《きしじゅうじくんしょう》――第二次世界大戦勃発《ぼっぱつ》当時のドイツの最高の勲章。襟《えり》につけた。

一七六 一九一七年――第一次世界大戦〔一九一四―一八〕のときのこと。〔訳註〕

一七八 『ヒトラーの少年クヴェックス』――著者《ちょしゃ》はカール・アロイス・シェンチンガー。一九三三年以前に政治上の敵対者《てきたいしゃ》によって殺害《さつがい》された一人のヒトラーの少年について書かれたもの。

一七八 『死人にとりついた幽霊《ゆうれい》たち』――P・C・エティッヒホーファーの、第一次世界大戦におけるヴェルダン〔フランス北東部の都市〕での激戦《げきせん》のことを書いた戦争文学。

一七八 『両世界の間を歩くもの』――ヴァルター・フレックスの小説。第一次世界大戦後、青少年運動〔二十世紀初頭《しょとう》、ドイツで盛《さか》んだった運動〕の人たちの間で広く読まれ、熱烈《ねつれつ》な愛読者を得《え》た。

一七九 『居場所《いばしょ》なき民族《みんぞく》』――ハンス・グリムの、植民地《しょくみんち》問題に重点をおいて書かれた本。

一八〇 ヒトラー・ユーゲントの野戦監視官《やせんかんしかん》――ヒトラー・ユーゲントの団員は特別コースでさまざまな専《せん》門技能《もんぎのう》を訓練《くんれん》させられた。野戦監視官は、野戦の知識を専門に教育されたもので、緑の腕章《わんしょう》をその印としてつけた。

一九四 組紐《くみひも》――組紐の色によって、どの地位のリーダーかがわかるようになっていた。たとえば、分団長は指の太さほどの緑色の組紐を左の肩章《けんしょう》から胸《むね》のポケットにかけた。

一九五　若きわれらは……——作詞および作曲は、ヴェルナー・アルテンドルフ。

一九六　広い駅の構内《こうない》は……——ドイツの大都市の駅は、始発駅《しはつえき》のように駅舎《えきしゃ》の後方にホームが何本も突《つ》き出《で》ていて、入ってきた列車が向きをかえて出ていくという構造《こうぞう》になっているところが多い。〔訳註〕

二〇一　ムシ　デン、……——ドイツ民謡《みんよう》、別れの歌。日本でも岡本敏明訳詞の「さらば　さらば　わが友……」で始まる『別れ』として知られる。〔訳註〕

二〇八　銀モールの縁飾《ふちかざ》り——ドイツ国防軍《こくぼうぐん》における下士官の印《しるし》。

二〇八　黒白赤の紐《ひも》——この紐は鉄十字第二等勲章の代わりに用いられた。

二一三　軍人は、喜びをもって……——《ドイツ軍人の義務》中の文。軍人はすべてこれを暗唱《あんしょう》させられた。

二一七　射撃勲章《しゃげきくんしょう》——第二次世界大戦の前、および始めの一、二年間、優秀《ゆうしゅう》な射撃手《しゃげきしゅ》は射撃勲章として肩《かた》から胸《むね》のポケットにかけて銀モールを吊《つ》るしていた。

二一八　十一、右！——兵は発射《はっしゃ》の際《さい》、一発ごとに標的上《ひょうてきじょう》の照準線《しょうじゅんせん》に印される照準ずれのポイントを報告しなければならないという規定《きてい》がある。

二二一　照準器《しょうじゅんき》——小銃《しょうじゅう》などの照準を合わせるための装置《そうち》。

二三九　帝国青少年指導局《ていこくせいしょうねんしどうきょく》——九八ページのヒトラー・ユーゲントの註《ちゅう》を参照。

二四六　見習士官《みならいしかん》——士官直前の階級。見習士官は士官の軍服《ぐんぷく》を着るが、階級章《かいきゅうしょう》は曹長《そうちょう》。

二四八　学童疎開《がくどうそかい》——ドイツ各都市の空襲《くうしゅう》がはげしくなると、特に危険《きけん》な地域《ちいき》の子どもたちが安全な場所で休めるよう、疎開させられた。この学童疎開施設は教師とヒトラー・ユーゲントのリーダーたちが共同で統率《とうそつ》した。

二四八 信《しん》と美《び》――十八歳《さい》から二十一歳の女子が所属《しょぞく》していたナチの組織《そしき》。

二五九 決闘《けっとう》の傷痕《きずあと》いっぱいの顔――戦前、ドイツの大学生は学生どうしでよく決闘をした。その傷痕が頬《ほお》にのこっている人が多く、それは愉快《ゆかい》な学生生活を送った象徴《しょうちょう》のように見られていた。〔訳註〕

# 年表

＊〔　〕は訳者による付記

**一九三三年一月三〇日**　アードルフ・ヒトラー、ドイツ帝国首相《ていこくしゅしょう》となる。

**二月二七日**　国会議事堂炎上《えんじょう》。

**三月五日**　帝国議会選挙。ナチスが四十四パーセント、すなわち六百四十八議席中二百八十八議席を占《し》める。八十一議席を持っていたドイツ共産党を閉《し》め出《だ》したのちは、ナチスが絶対多数を確保《かくほ》。

**三月二四日**　全権委任法《ぜんけんいにんほう》、すなわち帝国政府は、以後四年間、憲法《けんぽう》の規定《きてい》を考慮《こうりょ》することなしに法律《ほうりつ》を制定《せいてい》することができるという法が、帝国議会で社会民主党以外のすべての党の賛成《さんせい》をえて可決《かけつ》。

**三月**　最初の強制収容所《きょうせいしゅうようじょ》、建設。

**四月一日**　ユダヤ人の商店ボイコット、始まる。

**四月五日**　ドイツ青少年諸団体の帝国中央委員会事務局が強制的《きょうせいてき》に占拠《せんきょ》される。

**五月一〇日**　労働組合を廃止《はいし》し、《ドイツ労働戦線《ろうどうせんせん》》設立《せつりつ》。

六月一七日　バルドゥア・フォン・シーラッハ、帝国青少年指導局長となる。（一九三一年からヒトラー・ユーゲントの帝国指導者。）

五月―六月　すべての党が自主解体《じしゅかいたい》。六月二二日、ドイツ社会民主党に禁止命令《きんしめいれい》。

九月一日　ニュルンベルクでナチスの第五回帝国党大会（勝利の党大会）。

九月一三日　冬季救済事業発足《とうききゅうさいじぎょうほっそく》。

一〇月一五日　ドイツ、国際連盟《こくさいれんめい》を脱退《だったい》。

一一月一二日　帝国議会選挙。ナチスの単一《たんいつ》リストに、投票数《とうひょうすう》の九十二パーセントが賛成《さんせい》。

一一月二八日　ナチスの共同体「喜びをとおして力を」設立《せつりつ》。

一九三四年二月二五日　行政上《ぎょうせいじょう》の長やヒトラー・ユーゲントおよびドイツ少女同盟の指導者に、宣誓《せんせい》を義務づける。

六月三〇日　レームの《反乱《はんらん》》。〔国防軍《こくぼうぐん》と対抗《たいこう》した突撃隊指導者《とつげきたいしどうしゃ》エルンスト・レームを、反乱を計画したとしてその一派《いっぱ》全員とともに殺害粛清《さつがいしゅくせい》した事件。〕

七月一一日　第一回国家青少年大会。

八月二日　フォン・ヒンデンブルク帝国大統領《だいとうりょう》死去。アードルフ・ヒトラーが《総統兼首《そうとうけんしゅ》相《しょう》》となる。

八月一九日　国民投票《こくみんとうひょう》。全有権者《ぜんゆうけんしゃ》の九十パーセントがアードルフ・ヒトラーの《総統兼首相》に賛成。

九月四日　ニュルンベルクでナチスの第六回帝国党大会(意志の大勝利)。六万のヒトラー・ユーゲントがパレード。

一九三五年一月一三日　ザールラント票決《ひょうけつ》。九十一パーセントがドイツ帝国への復帰《ふっき》に賛成。

三月一日　ザールラント復帰。

三月一六日　一般兵役《いっぱんへいえき》の復活《ふっかつ》。

六月二三日　ヒトラー・ユーゲント大会。

七月一四日　ドイツでヒトラー・ユーゲント世界大会。

九月一〇日　ニュルンベルクで自由の帝国党大会。ハーケンクロイツの旗《はた》、国旗《こっき》に制定《せいてい》。

九月一五日　《ニュルンベルク法》公布《こうふ》(帝国市民法、人種保存法《じんしゅほぞんほう》)。

一〇月三日　イタリア、アビシニア〔エチオピアの別名〕に侵攻《しんこう》。

一九三六年三月七日　ラインラント占領《せんりょう》。

三月二九日　帝国議会選挙。九十九パーセントがヒトラーの政治を承認《しょうにん》。

七月一八日　スペインの内戦勃発《ないせんぼっぱつ》。

八月一日　ベルリンでオリンピック開催《かいさい》。

八月二四日　ドイツ国防軍への二年間の兵役義務導入《へいえきぎむどうにゅう》。

九月八日　ニュルンベルクで栄光の帝国党大会。軍備《ぐんび》を顧慮《こりょ》しての第二回四か年計画公布《こうふ》。
一〇月二五日　独伊《どくい》同盟《どうめい》、いわゆる《ベルリン＝ローマ枢軸《すうじく》》。
一一月二五日　独日反《どくにちはん》コミンテルン協定《きょうてい》。
一二月一日　ヒトラー・ユーゲント、国家ユーゲントとなる。
一九三七年一月三〇日　《全権委任法《ぜんけんいにんほう》》、向こう四年間延長《えんちょう》。
七月七日　中日戦争開始。
九月六日　ニュルンベルクで労働の帝国党大会。
一一月五日　ヒトラー、戦争計画を発表（ホスバッハ調書《ちょうしょ》）。
一九三八年二月四日　帝国国防大臣《ていこくこくぼうだいじん》フォン・ブロムベルク、および軍の最高司令官フォン・フリッチュ大将解任《かいにん》。ヒトラーが《国防軍の最高司令官》となる。
三月一一日　ドイツ軍、オーストリアに進駐《しんちゅう》。
九月　ズデーテン危機《きき》。
九月五日　ニュルンベルクで大ドイツ帝国党大会。
一〇月一日　ドイツ軍、チェコスロヴァキアのドイツ人居住区《きょじゅうく》ズデーテンに進駐《しんちゅう》。
一一月九―一〇日　ポグロム（水晶《すいしょう》の夜）。
一二月六日　独仏不可侵声明《どくふつふかしんせいめい》。

一九三九年三月一五日　ドイツ軍、チェコスロヴァキアに進駐《しんちゅう》。（以後、ベーメン〔ボヘミア〕およびメーレン〔モラヴィア〕は保護領《ほごりょう》となる。）
三月二三日　ドイツ軍、メーメル地方〔旧ソ連邦《れんぽう》、リトアニア共和国のバルト海に臨《のぞ》む地方。一九二〇年までドイツ領〕に進駐《しんちゅう》。
三月三一日　チェンバレン、ポーランドに対する仏英保障声明《ふつえいほしょうせいめい》を発表。
四月七日　イタリア、アルバニアを占領《せんりょう》。
五月二二日　独伊軍事同盟《どくいぐんじどうめい》。
八月二三日　独《どく》ソ不可侵条約《ふかしんじょうやく》。
八月二六日　日用品配給切符交付《にちようひんはいきゅうきっぷこうふ》開始。
九月一日　ドイツ軍、ポーランド侵攻《しんこう》。
九月三日　イギリスおよびフランス、ドイツに宣戦布告《せんせんふこく》。
九月一七日　ソ連軍、ポーランドに進撃《しんげき》開始。
一〇月一日　ポーランドにおける戦闘終結《せんとうしゅうけつ》。
一〇月六日　ヒトラー、イギリスおよびフランスに対して和平をアピール。
一一月一日　《ヴェルサイユ条約》によりポーランド領《りょう》となっていたドイツ領、帰属《きぞく》。
一一月七日　ベルギー＝オランダ平和宣言《せんげん》。

一一月八日　ミュンヘンのビュルガーブロイケラーにおけるヒトラー襲撃事件《しゅうげきじけん》。
一一月三〇日　ソ連軍、フィンランド攻撃《こうげき》開始。
一九四〇年三月一二日　フィンランド＝ソ連平和条約。
四月九日　ドイツ軍、デンマークおよびノルウェーに進軍《しんぐん》。デンマーク、即時降伏《そくじこうふく》。
五月一〇日　西部戦線進軍開始。
五月一一日　イギリス空軍によるドイツ本土爆撃開始《ほんどばくげきかいし》。
五月一四日　オランダにおける戦闘《せんとう》終結。
五月一八日　オイペン・マルメディおよびモレネ〔ベルギーとの国境《こっきょう》にある地区。プロイセン領《りょう》であったが、ヴェルサイユ条約でベルギー領になっていたもの〕の復帰《ふっき》。
五月二八日　ベルギーにおける戦闘終結。
六月四日　イギリス軍、ダンケルクより撤退《てったい》。
六月八日　ノルウェーにおける戦闘終結。
六月一〇日　イタリア、参戦。
六月一四日　戦わずしてパリを占領《せんりょう》。
六月二二日　フランスと停戦。
九月六日　ドイツ空軍によるイギリス諸都市《しょとし》爆撃《ばくげき》開始。

九月二七日　独伊日三国同盟《どくいにちさんごくどうめい》。
一〇月二八日　イタリア、ギリシャに進撃《しんげき》。
一九四一年二月六日　ドイツ、軍団をアフリカに配置。
四月六日　ドイツ軍、ユーゴスラヴィアおよびギリシャへ進撃《しんげき》開始。
四月一七日　ユーゴスラヴィアにおける戦闘《せんとう》終結。
四月二三日　ギリシャ軍、降伏《こうふく》。
五月一八日　イタリア、アビシニアで降伏。
五月二〇日　クレタをめぐる戦闘開始。
六月二二日　ソ連へ進撃《しんげき》開始。
九月二三日　アウシュヴィッツにおいて最初の毒ガス殺害実行。
一二月六日　ソ連における前線、停滞《ていたい》。
一二月七日　日本、真珠湾《しんじゅわん》を攻撃《こうげき》。
一二月一一日　ドイツ、アメリカ合衆国《がっしゅうこく》へ宣戦布告《せんせんふこく》。
一二月一九日　アードルフ・ヒトラー、《全軍総司令官》となる。
一九四二年一月二〇日　ユダヤ問題の《最終解決》決定（ヴァンゼー会議）。
三月　イギリス、ドイツ各都市へ大規模空爆《だいきぼくうばく》開始。

六月二八日　東部《とうぶ》戦線《せんせん》で新たな攻撃《こうげき》開始。

一〇月　スターリングラードの十分の九占拠《せんきょ》。東部戦線におけるドイツ軍戦果《せんか》、最高点に到達《とうたつ》。

一一月七日　連合軍、北アフリカに上陸。

一一月一一日　ドイツ軍、フランスの未《み》占領《せんりょう》地域《ちいき》を占領。

一一月二二日　スターリングラード、ソ連軍に包囲《ほうい》される。パウルス大将率《ひき》いるドイツ第六師団《しだん》は、アードルフ・ヒトラーの命令で、脱出《だっしゅつ》を試みることを禁止《きんし》される。

一九四三年一月三一日―二月二日　スターリングラードで包囲された第六師団、降伏《こうふく》。以後敗退《はいたい》の一途《いっと》をたどり、遂《つい》にドイツ崩壊《ほうかい》。

# 訳者《やくしゃ》あとがき

『あのころはフリードリヒがいた』を訳《やく》して、やがて二十年になります。いま、その続編ともいえるこの『ぼくたちもそこにいた』のあとがきを書こうとして、あの本との出会いが私にもたらしたものの大きさを思わないではいられません。大勢《おおぜい》の方に読んでいただけ、その一部が中学の教科書に載《の》り、劇《げき》にもなって舞台から伝えられたことの喜びは——喜びという言葉を使うのがためらわれる辛い内容ではあるものの——いうまでもありませんが、それよりも、私がもしこの本に出会っていなかったら、あの時代を著者《ちょしゃ》リヒターと同世代《どうせだい》の人間として生きていながら、どれほどの自覚《じかく》が持てただろうという、その思いです。

出会いといえば、思いもかけずリヒターさんにこの日本でお会いできたときのことも忘れられません。夫人を伴《ともな》って戦後抑留《よくりゅう》されていたシベリアを通り、新潟から日本に入って観光旅行をなさっていた途中《とちゅう》、京都滞在《たいざい》の最後の日に時間を割《さ》いて訪《たず》ねてくださったのでした。初めてなのに、旧知《きゅうち》の間柄《あいだがら》のように話がはずみました。新潟の旅館で大きなお風呂《ふろ》にみんなといっしょに入ったこと、東京までの車中で日本人にお酒をふるまわれ、日本語版の『フリードリヒ』を取り出して見せながら身ぶり手ぶりで話しあったことなどを、たのしそうに話してくださいました。私が『フリードリヒ』は大人《おとな》の人たちにもよく読まれていることを話しますと、リヒターさんは、私は子どもにとか大人にとか思って書いたのではない、強《し》いていえば、自分のために書いたのだ、あれがどういうことだったのか、考えてみたかったのだ、とおっしゃいました。そして、しばらく話がとぎれ、つぶやくようにいわれたのです、「私は熱心なヒトラー・ユーゲントだった！」と。

一九八三年の夏のことでした。それから十年の一昨年《いっさくねん》、一九九三年にリヒターさんはお亡《な》くなりになりました。そのヒトラー・ユーゲントのころのことをお書きになった『ぼくたちもそこにいた』の日本語版を、もうお届《とど》けできないのが残念でなりません。

ところで、原書のタイトル(Wir waren dabei)にある dabei という言葉は「そこにいた」という訳で日本語版のタイトルにも入れましたが、原書ではこの言葉がタイトル以外にも随所《ずいしょ》に出てきます。まず本文直前の著者《ちょしゃ》の言葉「わたしは参加していた」に始まり、本文中の、たとえば「選挙」の章でハインツが「ぼくも、(ドイツ少年団に)入ったんです。」というところとか、「ノート」の章でハインツがぼくに「きみもその場に(ポグロムの現場に)いたのかい？」

というのは、元はみんなこのdabeiを使った表現です。前後の関係で日本語ではどうしても同じ言葉にできませんでしたので、リヒターさんがこのタイトルに籠《こ》めた思いが十分《じゅうぶん》に伝わっていないのでは、と不安です。

また、ヒトラー・ユーゲントの各組織《かくそしき》の名称《めいしょう》は、だいぶ迷った末、単純《たんじゅん》に最小の単位《たんい》を班、つぎを分団、つづいて団、大隊、連隊としましたが、ドイツ語ではそれぞれ意味もありニュアンスもある言葉を使い、しかも、ある単位では男女共通に、ある単位では別の名称をというふうに複雑《ふくざつ》に名付《なづ》けられています。たとえば「団」に当たる単位には、ドイツ少年団では、小さな旗《はた》という意味の言葉で十六世紀ごろ歩兵部隊《ほへいぶたい》の単位として用いられてもいた「フェーンライン」を使い、ヒトラー・ユーゲントでは、従者《じゅうしゃ》、随員《ずいいん》という言葉で古代ゲルマンの従士《じゅうし》をも意味する「ゲフォルクシャフト」を使っていますが、女子のほうは簡単にグループのドイツ語グルッペを使って、ドイツ少女団は「ユングメーデルグルッペ(女の子グループ)」、ドイツ少女同盟《どうめい》は「メーデルグルッペ(少女グループ)」としています。

それぞれの指導者《しどうしゃ》は、フェーンライン・フューラー、ゲフォルクシャフト・フューラー、メーデルグルッペン・フューレリン(フューラーの女性形)というように、フューラーというタイトルをもらっています。フューラーは元来《がんらい》はリーダーという意味のドイツ語で普通名詞《ふつうめいし》ですが、

「われわれのフューラー」、あるいは単《たん》に「フューラー」といえばヒトラーを指《さ》しますから、この名付《なづ》け方には、若ものにヒトラーと同じタイトルを与《あた》えることの効果《こうか》が計算されていたように思います。けれども日本語訳ではヒトラーを指す固有名詞的《こゆうめいしてき》なものとしての「フューラー」は「総統《そうとう》」にしましたので、各組織《かくそしき》の指導者は、班長、分団長、団長とするほかありませんでした。これも、先のdabeiのこととあわせて、せめてこのあとがきでお断りしておきたいと思います。

「ヒトラーの少年」という呼び方もそうですが、こういうナチの組織《そしき》づくり、名付《なづ》け方のうまさには、立ち止まって考えてみると心底《しんそこ》からの恐ろしさを今もなお感じます。ナチのあの時代だけのことではないかもしれないと思うからです。人間がなしうること、プラスの方向にではなくマイナスの方向になしうることの恐ろしさ、またそうした状況《じょうきょう》が作られれば一人一人がどんなふうに巻《ま》き込《こ》まれてしまうか、その恐ろしさです。

あの戦争から五十年、このごろ、私は、伝えるということのむずかしさをしきりに思います。リヒターは、体験《たいけん》したものが語るときにややもすれば陥《おちい》りがちな感傷《かんしょう》を極力《きょくりょく》排除《はいじょ》しています。「そこにいた」といって思い出に耽《ふけ》るのではなく、『フリードリヒ』の場合もそうでしたが、事実に語らせるこの方法が却《かえ》ってどれだけ体験の重みを伝えているか、それを今回も感じました。

重みと、そして癒《い》えることのない傷《きず》の痛《いた》みを。
なお、リヒターはこのあとにもう一冊、志願《しがん》して従軍《じゅうぐん》してから見た軍隊《ぐんたい》のことを『若い兵士《へいし》のとき』という本にして書いています。これも続いてご紹介《しょうかい》したいと思っています。

一九九五年五月　戦後五十年の夏をまえにして

## 改版《かいはん》にあたって

これを訳《やく》したのは戦後五十年という区切りの年でした。それから九年、ほぼひと昔たったいま、久しぶりに読み返してみて、深く心が動かされました。それは、文学としてよくできた作品であるだけに、読み終わって本を閉《と》じると、戦闘《せんとう》の絶えない、九年前よりずっと深刻《しんこく》なことになっていると思われる現在の世界、そのなかにある日本、そういった私たちを取《と》り巻《ま》いている状況《じょうきょう》が実感として迫《せま》ってきたからです。

一方、ここに見事に描《えが》き出《だ》された三少年のそれぞれの生き方、相互《そうご》の友情と信頼《しんらい》、また歴史のなかに生きる一個人としての自覚と責任にはあらためて強い感銘《かんめい》を受け、これこそ文学の力だと思いました。どうかこれが過ぎ去った出来事をもとに書かれた歴史小説の一つとなって、平和な中で心平《たい》らに読《よ》み継《つ》がれる日がくるよう、願ってやみません。

二〇〇四年　夏

上田真而子《うえだまにこ》

**訳者　上田真而子**
1930年生まれ。京都ドイツ文化センター勤務の後，児童文学の翻訳を始める。エンデ『はてしない物語』『ジム・ボタンの機関車大旅行』，リンザー『波紋』，シュピリ『ハイジ』などの訳書がある。

ぼくたちもそこにいた　　岩波少年文庫 567

1995年6月8日　第1刷発行
2004年8月19日　新版第1刷発行

訳　者　上田真而子《うえだまにこ》

発行者　山口昭男

発行所　株式会社 岩波書店
〒101-8002 東京都千代田区一ツ橋 2-5-5
電　話　案内 03-5210-4000
http://www.iwanami.co.jp/

印刷:製本・法令印刷　カバー印刷・NPC

ISBN 4-00-114567-7　　Printed in Japan
NDC 943　302 p.　18 cm

# 岩波少年文庫創刊五十年——新版の発足に際して

心躍る辺境の冒険、海賊たちの不気味な唄、垣間みる大人の世界への不安、魔法使いの老婆が棲む深い森、無垢の少年たちの友情と別離……幼少期の読書の記憶の断片は、個個人のその後の人生のさまざまな局面で、あるときは勇気と励ましを与え、またあるときは孤独への慰めともなり、意識の深層に蔵され、原風景として消えることがない。

岩波少年文庫は、今を去る五十年前、敗戦の廃墟からたちあがろうとする子どもたちに海外の児童文学の名作を原作の香り豊かな平明正確な翻訳として提供する目的で創刊された。幸いにして、新しい文化を渇望する若い人びとをはじめ両親や教育者たちの広範な支持を得ることができ、三代にわたって読み継がれ、刊行点数も三百点を超えた。

時は移り、日本の子どもたちをとりまく環境は激変した。自然は荒廃し、物質的な豊かさを追い求めた経済の成長は子どもの精神世界を分断し、学校も家庭も変貌を余儀なくされた。いまや教育の無力さえ声高に叫ばれる風潮であり、多様な新しいメディアの出現も、かえって子どもたちを読書の楽しみから遠ざける要素となっている。

しかし、そのような時代であるからこそ、歳月を経てなおその価値を減ぜず、国境を越えて人びとの生きる糧となってきた書物に若い世代がふれることは、彼らが広い視野を獲得し、新しい時代を拓いてゆくために必須の条件であろう。ここに装いを新たに発足する岩波少年文庫は、創刊以来の方針を堅持しつつ、新しい海外の作品にも目を配るとともに、既存の翻訳を見直し、さらに、美しい現代の日本語で書かれた文学作品や科学物語、ヒューマン・ドキュメントにいたる、読みやすいすぐれた著作も幅広く収録してゆきたいと考えている。

幼いころからの読書体験の蓄積が長じて豊かな精神世界の形成をうながすとはいえ、読書は意識して習得すべき生活技術の一つでもある。岩波少年文庫は、その第一歩を発見するために、子どもとかつて子どもだったすべての人びとにひらかれた書物の宝庫となることをめざしている。

（二〇〇〇年六月）